JN056113

4
赤池宗
Sou Akaike
illustration 転
お気楽領主の
okiraku ryousyu no tanoshii ryouchibouei
楽しい
領地防衛
~生産系魔術で名もなき村を
最強の城塞都市に~

「承知！」
《ディー》
――敵地のど真ん中で砦造り!?

「これはヤバい！　ディー、守って！」
《オルト》
《ヴァン》

カムシン
ティル
「ヴァン様、どうぞ」
アルテ
「……ん、美味しい！」

4

Sou Akaike
赤池宗
illustration 転

お気楽領主の楽しい領地防衛

okiraku ryousyu no tanoshii ryouchibouei

~生産系魔術で名もなき村を最強の城塞都市に~

Contents

★

Fun territory defense by the
OPTIMISTIC LORD

★

序章　セアト村に残った人

端の方に近いとはいえ、深い山脈を鎧《よろい》を着て進む行軍である。楽な筈《はず》が無い。更には、切り立った崖の登攀《とうはん》や狭い荒れ地での夜営などもあり得るが、それよりも問題なのは魔獣だろう。

ウルフスブルグ山脈はその広大な面積や過酷な環境の為《ため》か、強大な魔獣がすくっていることで有名である。事実、その麓にあるセアト村は度々強大な魔獣の襲撃を受けていた。

今日も今日とて、セアト村には大型の白鱗狼《ホワイトスケイルウルフ》が群れを成して襲ってきている。白鱗狼《ホワイトスケイルウルフ》は獰猛《どうもう》かつ群れでの狩りが得意な魔獣である。その素早さは騎士五名以上でないとまともに戦えないと評されるほどの手強《てごわ》い魔獣だ。それが群れを成せば、通常は魔術師を連れた騎士団でもある程度の損害を覚悟の上討伐を行うものである。

しかし、すっかり魔獣に馴《な》れてしまったセアト村ではそんな緊張感は感じられない。

「ヴァン様！　バリスタでは取り逃がす可能性がある為、ディー騎士団長が機械弓部隊を連れて出るそうです！」

「お肉が美味《おい》しいからね。怪我《けが》には気をつけて行ってくるように伝えて」

「はっ！」

そんなやり取りをして、報告に来た兵士は走って現場に戻っていった。

今の会話からも分かる通り、セアト村の者は強大な筈の鱗狼《スケイルウルフ》を食事の材料としか見ていない。

ちなみに、普通の村なら鱗狼《スケイルウルフ》の硬く柔軟な皮を剝いで売るだけで十分な利益となるのだが、そういった面でもセアト村は他の町村と隔絶していた。

なにせ、一部分だけを見たら王都よりも豊かな経済状況と生活レベルを持っているのだ。

嗚呼《ああ》、素晴らしきセアト村。我が故郷……足りないのは美味しいスイーツの店くらいである。

「……さて、ウルフスブルグ山脈の中を行軍する皆は元気にやっているかな？　オルトさん達《たち》、貴族とか騎士とか苦手って言ってたけど、喧嘩《けんか》とかなってないと良いけど……」

領主の館の窓からウルフスブルグ山脈の方を眺めて、小さく呟《つぶや》く。

「オルトさん達がですか？　とてもそうは見えませんが……」

紅茶を用意してくれていたティルが驚いてこちらを見た。それに苦笑しながら振り向く。

「陛下から道中の案内と魔獣の警戒を依頼されたからそれを伝えたんだけど、凄《すご》い顔してたよ。ティルに見せたかったな。でも、依頼料を聞いてもっと面白い顔になったけど」

そう言って笑うと、ティルは目を瞬かせた。

「そうなんですね。じゃあ、ヴァン様のことは貴族の領主様ではなく、村長とか町長みたいに思っているのでしょうか？」

「そ、村長……急に老けた気がするのは気のせいかな……」

ティルの天然な一言に乾いた笑い声を上げて、大変な道中を行軍しているであろうスクーデリア王国軍のことを考える。

「……本当、行かなくて良かったー」

淹《い》れたての美味しい紅茶を飲みながら、僕は心からそんな言葉を口にした。

「オルトさん達には申し訳ありませんが、ヴァン様が戦場に行かなくて良かったです！」

心配性のティルも嬉《うれ》しそうにそう言ってくれたので、二人で微笑《ほほえ》ましく笑い合う。山中を進む騎士達に聞かれたら怒られそうだ。

「さて、今日も領主のお仕事頑張ろう！」

「はい！」

僕が椅子から立ち上がってそう言うと、ティルも元気に返事をしたのだった。

第一章 ★ ウルフスブルグ山脈に向かった人達

【ベンチュリー】

冒険者達《たち》が時折魔獣を発見したと報告に来る。殆《ほとん》どは発見と同時に討伐の報告も入る為《ため》、行軍に支障は無い。

冒険者を雇うという陛下の案は大成功だったというべきだろう。

本来ならば、山中の行軍など半日以上行うことは無い。最悪でも一昼夜で走破出来る山道を選び、最小限の時間で山を突破する。それ以上の行程となるならば、別の道を選ぶというのが常識であろう。

そんな苦労が、冒険者を雇って周囲の警戒と警護を依頼するという一つの案で解決した。これはとんでもないことである。

「……流石《さすが》は陛下、というべきか」

しかし、それにしても、冒険者とはこれほど有能であっただろうか。これまでも冒険者を雇った騎士団は多くいた筈《はず》だ。だが、気が付けばそのようなことをする者はいなくなっていた。最低でも、私が当主となってからは一度も耳にしていない。

一般的に、戦闘に関しては騎士の方が優れているとされる。何故《なぜ》ならば、騎士は厳しい騎士選抜試験を突破し、常に戦闘訓練を繰り返しているからだ。元々の素養も高く、個人戦だけではなく集団戦においても過酷な訓練を強いられる。少人数、中人数、大人数訓練があり、想定は他国の軍から大型魔獣までと多種多様である。対して冒険者は何かの捜索や探索、採取、調査などの依頼が多く、人数も四、五人で行動することが大半だ。戦闘に関しては魔獣や盗賊団などを想定している為、トラップや神経毒なども使い、出来るだけ安全な任務達成が求められる。

つまるところ、魔獣や盗賊の集団と戦うといっても真正面から戦うことは少ない為、戦闘能力という面では騎士に劣るということだ。中には大型の魔獣を少数で討伐する冒険者もいるようだが、極めて稀《まれ》であろう。

それが常識だと思っていたのだが、セアト村で陛下が雇った冒険者達はそれを覆すような働きをしていた。数百メートル先で大型の魔獣が発見されたとなったら誘導したり追い払ったりと手を尽くして進路を確保し、中型以下の魔獣が発見されたら報告と同時に討伐してしまう。

恐ろしいことに、中型といっても赤眼熊《レッドベア》や鱗狼《スケイルウルフ》の群れなど、騎士団でも平地で二十人以上という条件が揃《そろ》わなければ戦わないような強大な魔獣ばかりである。

もし、赤眼熊《レッドベア》が自領で出没したなら、数体の群れがいる可能性を考慮して騎士団百から二百名で討伐を行うだろう。

だが、セアト村の冒険者達は五名から十名に分かれて行動し、それぞれが中型の魔獣を討伐している。

「……いったい、この村で何が……」

私は頭を捻《ひね》りながら考えるが、答えは出ない。費用面の問題もあるが、全員がドワーフの武具を持ったとしたら、戦力は大幅に高まるだろう。

しかし、実質的にそれだけの金が用意出来るかという問題もあるし、ドワーフが満足する純度の鉄鉱石を準備出来るかも怪しい。炉を見る限り建造されたばかりの新しいものだった為、長い年月をかけて作らせたわけでもない。

そこまで考えて、不意にヴァン男爵の魔術を思い出した。あの異常な魔術ならば、ドワーフの武具にも匹敵する武具が作れるのかもしれない。

魔術の水準と術師の人数が戦力の要とはいえ、兵士や騎士達の装備は無視できない大切な要素だ。結局、戦争の勝敗は歩兵の数で決まることが大半なのだから。

「……上手《うま》く、あの小僧を取り込めば、我が騎士団の戦力増強も容易かもしれんな」

口の中で、小さくそう呟《つぶや》いた。

もし、ドワーフの作った武具と同等の装備を揃えた騎士団を作れたら……？

考えるだに恐ろしいほどの戦力となろう。竜種の鱗《うろこ》や皮すら切り裂けると言われるドワーフの剣だ。それらを手にした騎士達が千人、二千人と揃えば、向かうところ敵無しとなる。

と、まだ手にしてもないものを夢想し、気分が高揚していたのだが、不意に我に返った。

「いや、待て……もし、あの小僧の力を得ることが出来ず、他の貴族ばかりがその恩恵を受けることがあったとしたら、我が伯爵家は……」

ぞくりと、背中に冷たい感覚を受けた。あまりに有用過ぎる者は、時に他者に奪われないように権力者に殺されることもある。それは一種の防衛本能であり、特に家を大切に思う貴族にとっては抗《あらが》い難い誘惑である。手に入るならば重用し最大限の利益を得るが、対立して己の不利益になる可能性があるならば、ここで殺してしまった方が良いと判断することは間違いではない。

「小僧とは今は何とも言えない関係だが、今後は分からん。まずは、様子を見るべきか」

早計になってはいけないが、考え過ぎて行動が遅れても良くない。今後、貴族間の派閥でどのような動きがあるか注視しておく必要がある。

まずは、この戦いでヴァン男爵の考え方や方向性を見極め、王国と、何より我が伯爵家の利となる存在であるかを知らねばならない。

それ如何《いかん》によっては……私はあの小僧を殺すか生かすか、決めねばならないだろう。


【ジャルパ】

まったく、ふざけた話だ。何故、よりにもよってヴァンにあのような魔術の才能が現れてしまったのか。

そのせいで私は、多くの貴族から才能ある息子を手放した無能と思われたことだろう。だが、事実はそうではない。むしろ、有用な魔術の才が無いと判断された息子を、辺境とはいえ領主に据えたのだ。これは普通ならば過分な配置と言える。外部から見れば、結果がどうなろうが批判するようなことにはならない。

なにせ、常識的な貴族なら実子に無能が生まれたら秘匿しようとするものだ。良くて邸宅に幽閉であり、下手をすれば魔術の適性が分かったらすぐに殺して生まれていなかったことにすることもあり得る。だから通常なら魔術適性の鑑定を行い、子息の紹介を兼ねた社交界や舞踏会などを開くのが通例となっている。

ところが、だ……ところが、ヴァンは何故か魔術適性の鑑定を行う以前より一部で名が知られていた。我がフェルティオ家が侯爵となってから、騎士爵や領地を持たない男爵の子女がメイドとして働いていたからだろうか。メイドや執事達の間でヴァンが天才だと騒ぎになった頃とほぼ同じ時期に、隣接する領地の貴族からもヴァンのことを知っているという風な声が聞こえてきた。

それもあってなのだろう。ヴァンに魔術の才が無いと判断した時、すぐに殺そうと思ったが結局出来なかった。ムルシアの助言もあったが、何より醜聞が気になったのだ。

とはいえ、私の判断は間違っていなかった筈だ。丁度、フェルディナット伯爵の領地の一部を接収したものの、管理が出来ていない状態だった。そこへ実の子を領主として据えたのだから、他の貴族だけでなく民からも良い君主として知られてしかるべきである。別にヴァンが死んでも死ななくてもそこは揺るがない。

しかし、今回の事態は少し違っていた。

何もない寒村の領主となった筈の子供が、竜討伐を成してしまったのだ。部下は護衛に付きたいと進言してきた騎士三名と老齢の魔術師一人のみ。あとは戦力にもならない奴隷の子とメイドだ。百人程度の村人などものの数にも入らない。

そのような状況で、どうやって大型の竜を討伐したというのか。

そう思ったからこそ、当初は嘘《うそ》の情報であると判断した。フェルディナット伯爵が傀儡《かいらい》にしようと手を貸した可能性もあるにはあったが、あまりにもリターンが少な過ぎる。

だが、その判断は間違っていた。まさか、ヴァンの魔術があんなものだとは知らなかった私は、セアト村の調査を後回しにしたのだ。

結果として、気が付かぬ内にヴァンは手柄を認められて独立した領主となり、我が領地が一部失われてしまった。口惜しいのはその後、更にダンジョンまで発見されたことだ。セアト村一つならば大した損失ではなかったが、ダンジョンが発見されたとなると話は別だ。その利用価値、経済的利点はとてつもない。

まさか、あのような子供がわざと報告を遅らせて手柄を取られないように工作したなどということはないだろうし、ダンジョンに関しても同様である。幸運にも緑森竜《フォレストドラゴン》を討伐した後、防壁や建物の修復に追われている内に偶々《たまたま》パナメラ子爵がセアト村を訪れたのだろう。結果、私の耳に入る前に陛下が竜討伐の報告を受けることとなったに違いない。

ヴァンの能力が領地の防衛に向いていたこと。領主に協力的な村だったこと。防衛が可能な状況で陸上大型竜が現れたこと。そして、絶好のタイミングでパナメラ子爵がセアト村に現れたこと。

これらが奇跡的に合わさり、ヴァンは一気に爵位を得て独立という流れが出来上がったのだ。

フェルティオ侯爵家にとって、これほど不運なことは無いだろう。更に、何よりも陛下がヴァンの力を知ってしまったことが問題だ。陛下は結果を重要視する。これまでの功績も考慮に入れているだろうが、有用であると判断する人材が頭角を現した時、すぐに重用してより広い範囲で能力を活《い》かせるように手助けをするのである。

陛下がヴァンに注目した途端、アプカルルやダンジョンの発見。更にはドワーフの鍛冶師まで手に入れてしまった。これでは、更にヴァンの立場や地位は向上してしまう。

「……どうにかして、これ以上ヴァンに手柄を立てさせないようにせねばならん」

地理的にも、褒賞として削り取られる領地はフェルディナット伯爵領と我がフェルティオ侯爵領しかないのだ。どうにかしてヴァンの行動を制限し、更には何かしらの失敗を陛下に見せねばならない。

「……今回の行軍はヴァンのコンテナとかいう拠点が肝となる。それに欠陥でもあれば……」

そう呟いた時、窓の外から騎士団長のストラダーレが返事をした。

「……何かご用でしょうか」

生真面目なストラダーレは私の声が聞こえた為、一応声を掛けてきたのだろう。咳払《せきばら》いをして、それに答える。

「いや、独り言だ。気にするな」

「はっ」

ストラダーレの律儀な返事を聞きながら、窓の外の景色に目を移した。空は高く、空気は澄んでいる。その分、風は冷たく、特に夜営は体に堪《こた》えるだろう。多くの戦場を渡り歩いてきた私にとって、戦う相手の戦力と同程度に考えるほど、戦場とそれを取り巻く環境というものが重要である。

これは、どの騎士団でも同じであろう。たとえ相手が単なる盗賊団であろうと、険しい山中の奥深くに引き込まれたら、騎士団は簡単には殲滅《せんめつ》することは出来ない。第一に魔獣への警戒。第二に行軍と野営の過酷さ故だ。深い森の中でもそうだが、山中も一日中、心の休まる時が無い。常に周囲への警戒、目まぐるしい環境変化への対応、厳しい兵站《へいたん》管理が求められる。

だからこそ、戦争を幾度か経験した騎士団ならば、ヴァンの作った簡易的な拠点の有難みを実感するだろう。

そして、それはその上の貴族達も同様である。テントとは違う頑丈な拠点は、間違いなく行軍を楽にしてくれる。雨でも降ってしまえば、誰もがヴァンの提供した拠点に感謝することだろう。

それは、陛下も例外ではない。

「……戦争に直接参加していない者が功績を挙げる、ということもありえるのか？」

小さく呟き、考え込む。陛下はこれまで直接的な武功を最も重要視してきた。戦場で敵の上級指揮官を殺したのは誰か。防衛拠点や敵の陣形を崩したのは誰か。そういった分かりやすい功績を挙げた者が基本的に一番の軍功となっていた。

おそらく、第一の功績には数えられないとは思うが、下手をしたら第三、四の功績としてヴァンの名が挙がることもあり得る。これまでの功績を考慮すると、それがヴァンの爵位を上げることに繋《つな》がった場合、次の褒賞は必ず領地の拡大となる筈だ。

つまり、削られるのは我がフェルティオ侯爵領か、フェルディナット伯爵領となる。

「……それだけは、どうあっても避けねばならん」

行軍の馬車の中、私は戦争後の侯爵家の地位を守るべく策を練るのだった。

【オルト】

巨大な猪《いのしし》の突進を避けて、膝の裏を切り裂く。急に前足の一つを失った猪は頭から地面に突っ込んだ。地響きを立てて転がり、牙を振り回す。苦し紛れの行動だが、その図体《ずうたい》と大きな牙は木々をあっさりと薙《な》ぎ倒してみせるほどの威力である。

「機械弓！」

「あいよ！」

一歩大きく後方へ跳躍して、指示を出した。それに軽い返事をして、クサラが木の上から矢を三本連続で発射する。矢は吸い込まれるように猪の頭部へ命中し、巨体は一、二度体を跳ねさせて動かなくなった。

「おっしゃ！　こいつは旨《うま》いぞ！」

「ありがてぇ、携行食じゃ力が出ないからな」

援護していた仲間が笑いながらそんなことを言った。だが、後方に身を隠していたプルリエルは不満顔である。

「もう一週間も肉ばかりよ？　そろそろ果物と山菜摘みをしましょう」

肉に飽きたプルリエルがそう提案すると、クサラが眉をハの字にして肩を竦《すく》めた。

「そうは言っても、こんな頻繁に魔獣が向かってくるんじゃのんびり山菜探しなんてできやせんぜ？」

反論するクサラ。しかし、プルリエルも我慢の限界だったようだ。

「今のも結局オルトが前衛をして、クサラが矢を射るだけで狩れちゃうくらいの相手でしょう？　護衛を付けてくれたらその間に山菜くらい採ってくるわよ」

「いや、そうもいかんだろ」

プルリエルの理屈に、思わず口を出してしまった。すると、厳しい視線がこちらに向けられる。

ケンカをする気はない。そう両手を挙げて示しつつ、口を開く。

「一体、二体なら問題ないが、別の魔獣が連続して現れたら二人じゃ難しい。それに、俺達の任務は道案内兼行軍の補助だ。魔獣を討ち漏らすのが一番まずい」

答えると、プルリエルが眉間に皺《しわ》を寄せて後方を見た。険しい山道を鎧《よろい》を着て歩く騎士団の姿がある。

「そもそも、よほどの魔獣以外は騎士団が相手に出来るんじゃないのかしら。私達が全て相手にする必要がある？」

分かって言っている。なんとなくそう感じさせる言い方でプルリエルがそんなことを口にした。

それに溜《た》め息《いき》を返して、片手を左右に振る。

「いや、無理だな。俺達だから殆ど損耗なく戦えているが、騎士団が一体ずつ相手にしていたら行軍に影響が出るばかりか、死傷者もそれなりに出るだろう。イェリネッタ軍みたいに下位でもドラゴンを調教して同行させていれば殆ど魔獣も出てこないだろうが、そんな準備はしていないからな」

そう告げると、クサラが苦笑しつつ両手を広げた。手にはヴァン様の作ったナイフと機械弓が握られている。

「イェリネッタとの戦争が全てスクデットの方で行われていた理由は、この山道を通過するのがとんでもなく難しかったからですぜ。単純に、ヴァン様の武器が異常に高性能だから何とかなってやすが、あっしらも普通の武器や防具だったらとっくに死んでまさぁ」

「……特にこの機械弓、ね。魔術師がいなくても遠距離から魔獣を討伐出来る。分かっているわよ。私が悪かったわ。ちょっと苛々《いらいら》しただけよ」

「おう、ケンカにならなくて良かった」

笑いつつ、そう答えておく。プルリエルは頭が良い。今のやり取りだけで自分の気持ちに折り合いをつけて、また仕事をきっちりしてくれるだろう。

「……とはいえ、まだ半分も来てないってのに、先行き不安だな」

皆の背中を見ながら、溜め息を吐《つ》いて小さく呟く。

冒険者は各グループで長く縦に伸びた王国騎士団の行軍を手助けしている。一番先頭を預かっている俺達が最も負担は大きいが、他のグループも範囲が広い分、大変だろう。

荷物は騎士団がコンテナを馬車に載せて運んでくれているが、休憩の時間が少ないので疲労度は高い。なにせ、騎士団の休憩中は周囲の警戒が役目だ。休憩らしい休憩にはならない。

情報交換と日程確認の為に毎日他のグループとも会話をしているが、プルリエル同様に他の冒険者達も不満を溜めている。なにせ、普段は少人数で自由気ままに探索や魔獣討伐を行っている連中だ。騎士団に命令されるのも苛立《いらだ》ちの原因になる。

出来ることならさっさと目的地まで行ってしまって、任務達成で帰りたいところだ。しかし、人数が多いだけに行軍は遅々として進まない。

拠点は指示を受けながらどんどん作ってきているが、自分達がそこで休むことはない。

「……どっかで仲間割れみたいにならないと良いけどな」

そう口にして、俺はクサラ達の下へ向かうのだった。


翌日、危惧していたことが発生した。行軍の列の中ほどを管轄していた冒険者パーティーが、騎士達と衝突してしまったのだ。

急遽《きゅうきょ》行軍を止めてもらい、俺達は揉《も》め事《ごと》の現場へ向かった。報告があった場所に行くと、そこには怒鳴る騎士達の姿があった。周りを確認すると、少し離れた場所で怒れる騎士達を睨《にら》む冒険者達の姿がある。

「なんだ、何があった?」

近づいて声を掛けると、冒険者の男がこちらを見た。そして、騎士達を指さして口を開く。

「あいつら、俺達が作った拠点を潰しやがった。こっちは周囲警戒しながら少しの休憩時間削って拠点を作ってやってんのに……何が作り方が悪い、だ」

「本当、偉そうなんだよな」

そんな言葉を聞き、思わず首を傾《かし》げる。

「拠点を潰すって……ありゃあ、かなり頑丈だぞ？　どうやって……」

尋ねると、男は舌打ちをして騎士達を睨んだ。

「俺達が建てた拠点が勝手に崩れたとか言ってやがる。作った方からすりゃあ、一回作れば簡単には壊れないのは分かってるんだよ。崩すには中から天井持ち上げないと畳むことも出来ねぇんだ。普通に使ってりゃあ絶対に壊れないだろ」

吐き捨てるようにそう口にする男。

「……ちょっと待て。それはつまり、味方の騎士どもが自分達の使う拠点をわざわざ使えなくしたってのか？　何の為に？」

「知らねぇよ」

「騎士団同士で仲間割れか？」

「どっちかと言えば冒険者嫌いの騎士が嫌がらせしたって方がしっくりくるぞ」

質問すると、男達が推測を交えながらそんな会話をした。どちらにせよ、この問題は解決しておかないと今後に響くのは間違いない。

どうしたものかと思っていると、後ろからプルリエルが声を掛けてきた。

「ねぇ……これってもしかして、騎士団同士とか、冒険者への嫌がらせとは違うんじゃないかしら？」

「ん？」

振り返ると、神妙な顔のプルリエルが立っていた。他の冒険者達も首を傾げてプルリエルを見ている。

周りの視線を確認して、プルリエルは口を開いた。

「この仮の拠点を使えなくしても、案内役の私達とケンカしても、騎士団の得にはならないわ」

そう言われて、我々は顔を見合わせる。

「そりゃそうだな」

「いや、馬鹿な野郎はどこにでもいるもんだぞ」

「馬鹿過ぎるだろ」

集まってそんな会話を交えながら議論する。誰もが、あれだそれだと推測を口にしてみるが、しっくりくる解答は出なかった。

そこへ、再びプルリエルが口を開く。

「……ちょっと思い浮かぶことはあるけど、まだ何とも言えないわね。先に、その拠点が崩れたと主張する騎士と話は出来るかしら？」

プルリエルの言葉に一番にクサラが反応した。

「い、いやぁ……それは止《や》めた方が良いと思いますぜ？　真相はどうであれ、向こうさんは怒り心頭で文句言ってんでしょう？　プルリエルが行ったら火に油……」

「は？」

「あ、すみませんでした」

プルリエルの眼光に、クサラが一瞬で自分の意見を取り下げる。その怯《ひる》む様子にも不満そうな顔をするプルリエル。機嫌が悪いプルリエルは理不尽の権化である。

「普通なら若い女が声掛ければ男どもは多少落ち着くもんだがな……プルリエルじゃ逆か」

「オルト、何か言った？」

「あ、いや、何も言ってないぞ」

小さく呟いた筈なのに、即座にプルリエルの目が光った。もう余計なことは言うまい。

そんなことを思いつつ、咳払いをして騎士と揉めた当事者を見る。

「……それで、拠点がどうやって崩れたって話だったんだ？」

改めて尋ねると、男達は思い出しながら答えた。

「確か、拠点の中で十人くらい休んでた時に、大きな音がして壁が倒れてきた、みたいな感じだったか？」

「そうそう。それで、壁を支えながら何とか脱出出来たってよ。この拠点は欠陥品だって叫んでたな」

「思い出したら腹が立ってきた」

男達の文句を聞きつつ、その内容に首を傾げる。

「欠陥品？　拠点の作り方が悪いって話じゃなくて、か？」

聞き返すと、男達は揃って目を瞬かせた。話を聞いていたプルリエルが浅く溜め息を吐き、こちらを見る。

「やっぱり話を聞いた方が良いわね。私が話さない方が良いなら、オルトが聞いてきてくれる？」

「何を聞けば良い？」

確認すると、プルリエルは目を細めた。

「文句を言っている騎士団の所属と、指揮官の名前ね。多分だけど、また同じことが起こるわ。その時は同じ指揮官が絡んでいると思う」

その台詞《せりふ》には静かな怒りが感じられた。またプルリエルの予測を聞いて、俺も同じ答えに辿《たど》り着いた気がする。

推測でしかない。推測でしかないのだが、思わず俺自身が強く苛立ってしまった。

「……これは面白くない事態だな。悪いが、クサラ。代わりに聞いてきてくれないか？」

話を振ると、クサラは乾いた笑い声を上げつつ頷《うなず》く。

「へい。まぁ、皆揃って頭に血が上ってるみたいなんで、今回はあっしが行きやすかねぇ」

「助かる。冷静に、相手を怒らせないように情報を引き出してくれ」

「任してくだせぇや」

クサラはカラカラ笑いながら片手を振り、こちらを睨む騎士達の方へと向かった。

元々の性格か、クサラは相手が誰でもスルッと懐に入ることが出来る。こういう任務には適任だ。

その証拠に、騎士達の下へ向かったクサラは、すぐに片手を上げて会話を始めた。流石に楽しく雑談とはいかないが、拒絶されることなく会話を続けている。

その様子に、プルリエルが肩を竦めてみせた。

「本当、こういうの得意ね」

「ある意味宿屋の店主は天職かもな」

二人でそんな会話をしながら、クサラの背中を見守る。

すると、不意にクサラが動きを止めて一番近くにいる騎士の顔を見上げた。暫《しばら》く動かないで話を聞いていると思ったら、突然騎士の顔面に向かって拳を叩《たた》き込む。

何かがひしゃげるような音が重く響いた。

「え？」

「……っ！　クサラの馬鹿野郎！」

今見た光景が信じられず、反応が遅れる。一歩早く我に返った俺は、唖然《あぜん》としたまま固まるプルリエルを置き去りにして、全力で走った。

「もう一度言ってみろ、三流騎士ども！　殴り殺してやる！」

激昂《げきこう》したクサラが怒りも露《あら》わに怒鳴った。聞いたことのないドスの利いたクサラの声に、止められるか不安になる。

「なんだ、貴様!?　冒険者如《ごと》きがこの私に手を出すとは……！　どうなるか分かってるのか!?」

両鼻から血を流しながら、中年の騎士が目を見開いて怒っている。更に、クサラが剣の柄《つか》を握った。一気に血の気が引く。

「抜くな、クサラ！」

周囲に響き渡る大声で怒鳴り、間に入るようにして割り込んだ。

勢いよく乱入した為、騎士達も口籠もった。怒りが収まらない様子のクサラを騎士達の下から引き離し、努めて冷静になだめる。

「落ち着け。相手は騎士団だぞ。上には伯爵や侯爵だっているかもしれない。指揮官なら下手をしたら騎士爵以上の可能性もあるんだ。納得は出来ないかもしれないが、形だけでも謝っておけ」

そう告げるが、クサラは拳を強く握り込んで震わせていた。

「オルトの旦那。そりゃ到底聞けませんや。あっしにだって許せることと許せないことってのがありまさぁ」

「頼む、クサラ。抑えろ。気持ちは分かる。何を言われたかは知らないが、後でヴァン様に伝えて意見だけでも聞いてもらえないか頼むから……抑えてくれ、クサラ」

怒りに震えるクサラの両肩を両手で摑《つか》み、必死に説得した。数秒、睨み合うような格好のまま動きを止めていたが、やがてクサラが深呼吸をして、肩の力を抜く。

「……分かりやした。あっしとしたことが、短気が出ちまいましたね。謝っときますぜ」

「そうか……ありがとよ」

なんとか矛を収めてくれたクサラにホッと息を吐く。そこへ、プルリエルが顔を出した。

「クサラが感情的になるなんて珍しいわね。なんて言われたのよ」

すでに不機嫌そうな表情のプルリエルがそう聞くと、クサラが眉をハの字にして口を開く。

「冒険者の悪口から始まりやしたが、それはまぁどうでも良いんでさぁ。どうせ、貴族や騎士っての は冒険者を馬鹿にしてますんで……しかし、あの野郎どもは拠点の作りを馬鹿にして、子供の浅知恵だなんだと言い出したんでね。何を出して気に入られたのか知らないが、常識で考えたら子供の玩具《おもちゃ》のようなものを陛下が採用する筈が無い。侯爵家から追い出されたのも、こんな下らないものばかり作っているからだ、みたいなことを延々と言われやして……まぁ、ヴァン様の人柄を知っているあっしには堪えられませんでしたね……って、旦那？」

プルリエルに説明していたクサラが、怪訝《けげん》な顔でこちらを見てきた。だが、今はそれはどうでも良い。

俺は騎士達に向き直り、怒鳴った。

「てめぇら、もう一度言ってみろ……！　誰を馬鹿にしてると思ってんだ⁉」

「ちょ、ちょっと⁉　オルトの旦那⁉　プルリエル、止めてくんな！　うわ！　詠唱してる⁉」

「土下座して謝るまで許さないわ！」

こうして、行軍も道半ばで一部騎士と冒険者グループとで派手な衝突が起きてしまった。

言っておくが、俺は悪くない。

【ディーノ国王】

冒険者と騎士が衝突し、行軍が停止したと報告が入った。ちょうどヴァン男爵の作ったコンテナという拠点で休んでいたところだったが、仕方が無い。

「そういうことも予想はしていたが、行軍が止まるのは困ったものだ。それで、どこの騎士団が冒険者と揉めている」

報告に来た千人長に確認する。一般市民から騎士試験を受けて騎士となり、誰よりも隊列や戦術、陣法などを学んで指揮官となった生真面目な男だ。一般の民から千人長にまで成り上がった例は少ない。その真面目さから、きちんと中立の立場で客観的な報告をしてくれるだろう。

騎士は同僚である騎士の肩を持つものだからな。

そう思って報告を待っていると、千人長はいつもよりも更に眉間に皺を寄せて口を開いた。

「ヌーボ男爵の騎士団です。その内十名ほどが冒険者と揉めている状況です」

「ふむ。怪我人《けがにん》は出ていないか？」

「多数出ています。あまり広くない空間で乱闘になってしまったようで、現在は五十名以上が治療中となっております」

淡々と、千人長が報告をする。それに思わず片手を挙げた。

「ちょっと待て。五十名だと？　まさかとは思うが、冒険者を殺したりはしていないだろうな。よほど相手が手強《てごわ》かったとしても、騎士十名が戦って何故そのような怪我人が出る？」

理解出来ずに聞き返す。たとえ、男爵家の騎士団の練度が低くても、常に戦闘訓練を繰り返している筈だ。それこそ複数での対人戦において、騎士と冒険者では大きな差が生じる。騎士と戦って真っ向勝負出来る冒険者は上位の者達ばかりだろう。

しかし、千人長は首を左右に振った。

「残念ながら、怪我人は全てヌーボ男爵騎士団の騎士と従者です。戦った冒険者三名はいずれも目立った外傷も無く、現在は拠点の一室で待機しております」

「……騎士と従者五十名が一方的にやられた、ということか？　まさか、冒険者の中に一流の四元素魔術師がいたのか？」

思わず、声が硬くなる。ヌーボ男爵の騎士団があまりにも弱かったのか。それとも、その冒険者三名が異常に強かったのか。どちらにしても、由々《ゆゆ》しき事態である。騎士団の統率力や強靭《きょうじん》さこそが国防の要であり、結果として各都市の治安に繋がるのだ。

それが一介の冒険者などに比べて劣っていたら大きな問題だ。

それらを考えていたせいか、問い詰めるような口調になってしまった。千人長も釣られるように厳しい表情になり顎を引く。

「それなりに使える風の魔術師がいたようですが、魔術は対象の動きを止めるような使い方しかしていなかったようです。問題は他の二人が使う武器の方でしょう」

「武器？」

首を傾げると、千人長はマントの下から切断された鉄の剣を取り出した。広く一般的に使用されている直剣だ。厚みがあり、簡単には折れない代物である。

だが、その剣は綺麗《きれい》に真っ二つになっていた。

「……竜種とでも戦う大型の剣と打ち合ったのか？」

半ば答えが分かっていて尋ねたが、千人長は首を左右に振る。

「いいえ、普通のサイズの剣です。むしろ、細身の為軽量な類かと。冒険者達の技量も正直言って並の騎士では勝てない力量でしたが、何よりもあの武器の恐るべき切れ味が敗因でした。剣を打ち合えば一方的に武器を破壊され、盾や鎧も関係なく斬り裂かれます。冒険者達が手加減して峰打ちで相手をしてくれなかったら、五十人全員が死んでいたことでしょう」

「……ヴァン男爵の武器、か。宝剣として仕舞い込む予定だった為切れ味は確認していなかったが、この武器がそれほどとは、な」

そう言って腰に差したオリハルコンの剣を抜く。それに千人長は目を剝《む》いた。

「その、見事な剣が、あの子供の作ったものですか」

「そうだ。目の前で作ってもらった」

言いながら剣を構えて、近くに置いておいた盾に斬りつける。甲高い金属音と、続けて切り落とされた盾の一部が落下する音が鳴り響く。

唖然とする千人長。私も同じような表情をしていたことだろう。

「まるで青銅の武器しか無かった頃に鉄の剣が現れたような衝撃だな。いや、青銅とミスリルくらいの違いはあるか」

呆《あき》れたようにそう呟き、改めて自らが持つ剣を見た。相変わらず見事な出来だ。刃の部分は刃こぼれ一つしていない。

「なるほど。大型の魔獣の討伐が幾度も成された理由が良く分かった。ヴァン男爵の騎士団はこれと同等の武器を持っているということか。末恐ろしいな」

行軍が止まってしまったことは大きな問題だが、驚異的なまでのヴァンの武器の性能を改めて知ることが出来て、思わず口元に笑みが浮かんでしまう。

「……陛下。処罰はいかがしましょう」

「む」

そう言われて、私は気持ちを切り替える。騎士爵は最下層ながら貴族の一端である。また、騎士は男爵以上の貴族の配下であり、権威の象徴でもある。処罰無しというわけにはいかないだろう。

だが、冒険者はセアト村を拠点としており、ヴァンと仲が良い者もいるようだ。

悩ましいところである。これは、明確な理由がない限り簡単には決定出来ない問題だ。

「……それで、肝心の衝突した理由について聞かせてくれ」

確認すると、千人長は眉間に深い皺を作った。どうやら言い辛《づら》い内容のようだ。

「早く答えよ。別に貴様を怒りはしない」

溜め息混じりにそう告げると、千人長は咳払いをしてから口を開いた。

「騎士達の言い分は、ヴァン男爵の作ったこの拠点が欠陥品だと口にしたところ、冒険者達が突然襲い掛かってきたというものでした」

「……なに？　この拠点が欠陥品だと？」

そう言ってから、思わず中を見回してしまう。しかし、見た限り問題があるようには見えない。

「この拠点は先頭を行くベンチュリー伯爵の騎士団が組み立て状況の確認をしている筈だ。冒険者達が組み立てをした後、すぐにそれは実行されている。もし本当に欠陥品だったとしたら、それを発見出来なかったベンチュリー伯爵騎士団にも責任が生じるな」

眉根を寄せてそう告げる。それに千人長は浅く頷いた。

「なるほど。しかし、陛下が休む可能性があるのに、問題がある拠点を提供したヴァン男爵にも責任が発生するのではないでしょうか。このような斬新な拠点を作り出し、更に長い行軍道程用にこれだけの数を準備したのは素晴らしい功績ですが、もし勝手に崩れてしまうようなものを提供したとしたら……」

「厳罰であろうな」

答えを先取りして口にすると、千人長は口を噤《つぐ》んだ。言い辛い内容はこれか。確かに、このコンテナと呼ばれる拠点が使えなくなるとなったら、士気に大きく影響が出る。更に行軍予定にも問題が生じ、携帯食料も足りなくなる可能性が出てくるだろう。

その場合、行軍行程の見直しでは済まない。補給が予定通り可能かどうかも定かではなくなるのだから、イェリネッタ王国への進軍は停止してしまう可能性が高い。

この一戦には多くの時間と経費、そして貴族達の労力を割いている。騎士団を動かすことも、各領地で働ける労働力が減ってしまうことも、参加してくれた貴族達の領地に大きな負担となることなのだ。

ヴァンの作った拠点に問題があった場合も、何者かによる邪魔だてによってこの事態が巻き起こされた場合も、原因となった者にはそれなりの処罰をせねばならない。

そうでなければ、身銭を切って付いてきてくれている貴族達が納得しないだろう。

「慎重に調査する。また、早馬を使いヴァン男爵にここへ来るように伝えよ」

「はっ！」

そう告げると、千人長は背筋を伸ばして大きな声で返事をした。

去ってゆく背中を見送って、深く溜め息を吐く。

「……邪魔をしている者が発覚した場合は、深く追及をしなくてはなるまい。首が二つ三つは飛ぶことだろうな」

肩を竦めてそう呟くと、ヴァンのことに思考を移す。どうでも良い貴族の首などは大した問題ではない。しかし、爵位を得たばかりのヴァンが大きな失敗をしたとなると、今後に大きな影響が出るのは間違いない。最低でもこの近隣の貴族からは冷遇されることだろう。

本人は出世には興味がないだろうが、嫌がらせや経済的な攻撃は必ず起きる。あまり面倒になってしまえば、ヴァンが他国へ流れてしまうこともあり得るのだ。

さて、貴族間のいざこざを仲裁して慈悲深き王となるか。

それとも、今後の王国防衛の要とする予定のヴァン一人の為に、何人かの貴族の首を飛ばすか。

「……悩ましいな……」

私は一人でそんなことを呟き、ぼんやりと閉じられた扉を眺めたのだった。

第二章 ★ 結局、僕も呼ばれた

横に紅茶を置き、パンケーキ的お菓子も準備。

その状態で渡される鉄の塊を手に武器を作製する。ドワーフの炉がまだまだ完全に稼働しているわけではない状況で、一番の武器生産工場は僕である。お茶とお菓子を口にしつつ、優雅に武器を作っていく所存だ。ちなみに工場などと評しつつ、今いるのは冒険者の町の中央通りの一角である。そこに椅子とテーブルを設置して、ついでに特大ビーチパラソルも立ててゆったり作業を行っていた。

「あ、ヴァン様。そろそろ今日の依頼分である剣三十、槍《やり》十、盾二十が出来上がります」

「もうそんなに作ったかな？　よし、終わったら個人的に機械弓を改造してみよっと」

「ヴァン様。連続でそんなに働いては疲れてしまいますよ。先に一度銭湯で汗を流してはいかがですか？」

「あ、お風呂良いね！　冷たい果実水もお願い！」

「はい、もちろんです！」

ティル、カムシンと一緒に和やかに会話しながら武具製作を続ける。笑いの絶えない幸せな村の風景だ。こんな日々が続いてくれたら嬉《うれ》しい。

と、そんな平和な昼下がりに望まぬ乱入者が現れる。

息も絶え絶えといった様子の馬に乗り、これまた汗だくになった騎士のおじさんだ。急にシリアスな世界に投げ込まれたかのような錯覚を受ける。僕が冒険者の町で作業をしていたこともそうだが、騎士のマントに王国軍の紋章が描かれていたことが単独で僕を訪ねることが出来た理由だろう。

「ヴァ、ヴァン、様……！」

息も絶え絶えな馬に乗ったおじさんは、息も絶え絶えな様子で僕の名を呼んだ。

「だ、大丈夫ですか？　行軍で何か問題が……？」

頑張って、シリアスな顔を作って返事をする。ダメだ。気持ちは銭湯に入って果実水を飲みたいモードになってしまっている。あまり長時間のシリアスは耐えられそうにない。

そんなことを思っていると、おじさんは馬から降りて、片膝を突いた。

「ご歓談中のところ、大変申し訳ありませぬ！　陛下より、急ぎ仮の拠点で休憩をしている陛下の下へ来てほしいと依頼が……！」

「えー……今から？　もしかして、これから？　ちょっと準備とか色々あって、すぐには出られないかもしれないけど……」

面倒臭さ極まってしまい、思わずごねてしまった。本来なら、国王からの勅命などイエス以外の返答はありえない。その証拠に、陛下の命令を伝えに来た騎士のおじさんは目を剝《む》いて驚いている。

カムシンとティルが心配そうな顔をしているし、出来たら断りたい。

しかし、そうもいかないだろう。

「あ、あの……トラブルが発生し、行軍が止まってしまっているのですが……」

「冗談です。急いで用意をしてきます。この町一番の宿を用意するので、そちらでお休みください」

苦笑しつつそう告げると、騎士のおじさんはホッとしたように肩の力を抜いた。

「あ、ちなみに原因は分かりますか？」

「詳しくは分かりませんが、どうやら冒険者と一部の騎士が衝突してしまったらしく……」

「え？　まさかオルトさん達《たち》じゃないよね？　騎士と揉《も》めたらマズいんだけど……」

おじさんの報告に思わず生返事をしてしまう。オルト達ならば騎士を相手に下手なことはしないだろう。恐らく、別の冒険者達に違いない。

「カムシン。騎士の方をクサラホテルに案内して。料金は後で払うって言っておいてね」

「はい！　分かりました！」

カムシンに騎士のおじさんの世話をお願いして、次にティルへ顔を向ける。

「ティルはディーとエスパーダにこのことを報告してきて。セアト村と冒険者の町を守るのに人員が何人必要か確認しよう。後は、魔獣が多い山道を通るから装甲馬車《ウォーワゴン》を準備しないとね。移動の間の食料とかもかな」

「わ、分かりました！」

僕の指示に、ティルが慌てて駆け出した。

さて、面倒なことになった。まさか、またも最前線に行くことになるとは……敵の騎士団とぶつかる戦場ではないものの、身の危険はビシバシ感じる。

ああ、平和に生きたい。


「平和に生きたい」

「は？　なんですかな？」

「いや、何でもないよ」

騎士団の集合と物資の準備をしている間に、思わず心の声が口から出たようだ。隣に立つディーが首を傾《かし》げる。

なんだかんだ、魔獣の襲撃によく晒《さら》されるセアト村の騎士団は集合して隊列を組むまでの時間が異常に早い。僕が独り言を呟《つぶや》いている内にすぐに形になった。よく訓練された消防隊員の出動のようだ。

「ヴァン様。騎士団の召集が完了しました。セアト村騎士団、エスパーダ騎士団全員集合しております」

ディーが代表して報告をして騎士団の面々に向き直る。いやぁ、素早い。準備も早いが点呼も早い。我が騎士団は素晴らしいじゃないか。

一人満足しながら皆を見回し、口を開く。

「皆ー！　ウルフスブルグ山脈に行きたいかー！」

冗談がてら適当な掛け声を掛けてみる。何人かが良く分からないまま「うぉー」なんて返事をしている。良いリアクションだ。今返事をした者は一階級昇進させよう。冗談だけど。

「なんと、陛下から勅命が下りました！　どうやら、行軍でトラブルが発生したようです！　仕方ないので、手助けに行きたいと思います！　皆、オラに力を分けてくれ！」

少しでもテンションを上げていこうと変なノリで檄《げき》を飛ばす。律儀に皆「うぉー」とテンションを合わせてくれた。若干名戸惑いを隠せない者もいるが、仕方がない。後日、僕が自ら教育をしてあげようじゃないか。

そんなことを思いつつ、咳払《せきばら》いをして顔を上げる。

「では、半数をセアト村及び冒険者の町の防衛に残し、半数は僕と一緒にウルフスブルグ山脈へ向かいます！　先頭には冒険者の皆さん、お願いします！　二列目と最後尾は装甲馬車《ウォーワゴン》と歩兵部隊！　中央には機械弓部隊と騎兵部隊！　騎士団を率いるのはディー騎士団長！」

「は！」

最終確認も兼ねて隊列と組織を通達。ディーが怒鳴るように返事をすると、他の騎士団員達もそれに倣った。

「よーし！　それじゃ、行ってみようか！」

片手を挙げて出陣を告げると、大きな返事があり行軍を開始する。

さぁ、色々と準備もしたし、最大限安全に気をつけて山に入るとしようか。


山に入って早々に文句がいっぱいあった。

まず、デコボコの山道である。獣道に毛が生えたような山道を進み、更には崖のすぐ脇などを通る場所もあった。道自体も狭く、馬車の幅ギリギリの部分ばかりである。

これまでも魔獣の多い山道ということから、騎士団が移動するようなことは少なかった為《ため》仕方ないといえば仕方ない。とはいえ、わざと設置したかのように段差が次々車輪に襲い掛かり、その度に膝蹴りでもされたかのようにお尻を突き上げられてしまうのだ。

ヴァン君特製の馬車は世界屈指の乗り心地と安定性を実現しており、快適な旅を約束してくれる最高の相棒ともいえる代物となっている。そのお陰で、毎回段差を越える度に訪れる膝蹴りは分厚い枕越し程度にまで衝撃が緩和されていた。

しかし、それでも痛いものは痛い。コツコツと積み重ねた痛みは確実に僕のお尻を蝕《むしば》んでいる。

そんなことを思いながら無言でお尻の痛さを我慢していたのだが、一、二時間して、ふと重大なことに気が付く。

「……これ、帰り道もこんな思いをしないといけないってこと？」

一言呟くと、一緒に馬車に乗っていたティルとカムシン、アルテが曖昧な顔で苦笑する。

「街道の有難さを痛感しますね……」

「デコボコな道のせいで行軍が遅くなるのが困りますね」

「お尻が痛いです……」

三人の意見を聞き、僕は深く頷《うなず》く。

「よし。街道を作ろう。最低限、馬車二台が横並びで通れる大きさにするよ」

「え？　今からですか？」

僕が宣言すると、ティルが目をぱちぱちと瞬かせた。カムシンは不安そうに眉根を寄せる。

「だ、大丈夫ですか？　わざわざ早馬で陛下がヴァン様に来てほしい、と……」

「ただでさえ二日、三日はかかりそうですよね」

カムシンの言葉にアルテも同意を示した。

だが、僕のお尻は限界である。

「大丈夫！　今より遅くなることはないように急いで作るから！」

そう言って僕は立ち上がり、馬車から顔を出した。

「ちょっと止まってー！」

「は、はい！」

「全体、止まれー！」

指示を出すと、素早く騎士団の歩みが止まる。戸惑いも感じられるが、すぐに指令の通りに動くあたり、とても良い騎士団になってきていると思う。元は村人や狩人《かりゆうど》だった者が大半だとは思えない動きだ。

感慨深く頷いたりしていると、一つ前の馬車にいたディーがすぐにこちらに向かってきた。

「何事ですか、ヴァン様」

周囲を警戒しつつ、ディーが何故《なぜ》行軍を止めたか確認をする。それに頷きつつ、馬車から降りた。

「あまりにも道が悪いから、これから山道を舗装して綺麗《きれい》な道を作ろうと思って」

「え？　今からですか？」

驚いた顔をするディー。ティル達も心配そうに馬車から顔を出している。

「大丈夫！　遅くならないように大急ぎで作るから！　悪いけど、手分けして山道の左右に生えた木々を切り倒してくれる？」

「むむ！　何が何だか分かりませんが、承知しました！　すぐに任務を遂行しましょうぞ！」

「ありがとう。それじゃ、最前列の人達のいる場所から先の木々を切り倒しておいてね。木を切る人以外は周囲の警戒をお願い」

「分かりました！　さっそく行って参ります！」

そう言って走り去るディーの後ろ姿を見送ってから、カムシンを見る。

「カムシンは僕と一緒に行こうか。ティルとアルテは馬車で待っていてね。アルテは申し訳ないけど、困った時は人形を使ってもらうかも」

「はい！」

「お任せください」

二人も素直に指示を受け入れてくれた。アルテも自らの魔術に自信を持ってきたようで、しっかりと僕の目を見返して頷く。

そんな面々に思わず微笑《ほほえ》みながら、僕は最前列へと向かう。

「ヴァン様、何をするんです？」

「何かあったんですか？」

たまにそんな声を掛けられて、「道を作るんだよー」と軽い返答をしながら通り過ぎる。皆キョトンとしているが、最前列に辿《たど》り着くと、もう木の切り出しを行う姿が見られた。どうやら、騎士団の中から元木こりや石切などをやっていた男達を選抜したようだ。屈強な男達が木を切り倒して道の脇に並べている。

「どうですか、ヴァン様！　こんな感じで良いですかな!?」

と、いつの間に準備をしたのか、上半身裸になったディーが大剣を持って大きな木を切り倒してこちらを見た。木を切る為のものではないのだが、ヴァン君印の大剣ならば楽々伐採が可能であろう。

とはいえ、騎士団の全員の装備が木を切るのに向いているかというとそうではない。それを確認して、すぐさま材料を集める。

「やり方に問題はないけど、それ用の準備をしようか。皆、ちょっと盾を貸してー」

「は、はい！」

お願いすると、近くにいた騎士達がバタバタと足元に盾を置いていく。武器や鎧《よろい》は殆《ほとん》どヴァン君特製だが、盾は一部の騎士だけ特製で、残りは既製品をベルランゴ商会より買い求めている。なにしろいきなり騎士団の人数が増えたのだ。全ての装備を揃《そろ》えることまでは出来ていない。

「かなり高級品だけど、後でもっと良い盾に作り直せば良いよね」

そんな言い訳をしつつ、どんどん盾を斧《おの》に変えていく。研ぎ澄まされた切れ味と上部に重心を置いた独特のバランス。動かない木を切る為のものだから、単純に力を籠《こ》めて振りやすい刃物が求められる。後は木を切り倒す為の幅、頑丈さ、そしてヴァン君が満足するような装飾過多のデザイン。

「少しやり過ぎたかな」

そう言いつつ、斧を二十本準備する。カムシンは素直に拍手してくれていたが、ディーは眉間に皺《しわ》を寄せていた。

「……むむ。今回も素晴らしい意匠。しかし、少々禍々《まがまが》しい気がしますな」

「ちょっと怖いです……」

二人からは微妙な感想をいただいた。確かに、何となく思い浮かばなくてミノタウロスの斧とか名付けられそうなゴツイ斧を作ってしまったが、そんなに怖がらなくても良いだろうに。

「おお、見た目より軽い」

「え？　そう？」

斧を手にしたディーは笑いながら片手で振り、すぐに木を切り倒しに向かった。何となく、皆がディーの動向を窺《うかが》い、動きを止める。

「ぬんっ！」

風切り音を響かせて、ディーが木を切った。切ったというか、斬った。まさに斬撃とも言うべき鋭い一撃だ。斧はまるで空を切るかのように木の胴をすり抜ける。

一瞬の間を空けて木が滑るようにしてズレていき、やがて倒れた。断面は遠目から見ても綺麗に一直線だった。

「良い切れ味ですな！　ただ、やはり大剣の方が扱いやすい！」

「いやいや、ディーの場合は人間相手ならもう丸太でも良いんじゃないかな。武器の良《よ》し悪《あ》しは関係ない気がしてきたよ」

そう告げるが、ディーは斧を肩に乗せたまま呵々《かか》大笑《たいしょう》しており、聞こえていない。

とはいえ、斧の切れ味は中々良かったらしく、他の騎士達も二、三回振ったら木を切断することが出来た。

瞬く間に木を切り倒していく騎士団員達を労《ねぎら》いつつ、僕はさっそく道を作ることにしたのだった。


水道、電気、ガス、インターネットや電話、そして道路。各都市の生命線となる基盤《インフラストラクチャー》。

たとえば、水道が機能しなくなり、一年間水が使えなくなったとする。人々は川や池の水を濾過《ろか》したり煮沸したりして飲み水を得ることは出来るだろう。

しかし、生活や仕事に大きな影響を与えるのは間違いない。

それが道路であっても同じことだ。自動車という高速での物流が可能となる代物があっても、道が使えなかったら無用の長物である。物資の運搬、人の移動が制限されたり妨げられたりしてしまったら、経済は止まってしまう。場合によっては人的資源も失われてしまうだろう。

それは自動車の無いこの世界でも同様である。

と、尤《もっと》もらしい理由をつらつらと述べたが、大事なことはただ一つ。僕のお尻が痛いことだ。

「どんどん作るよー」

「はい！」

わんこそばのように、僕は並べられた木々を次々ウッドブロックに変えていく。ただし、今回は四角い煉瓦《れんが》のようなものではなく、平べったい板のような形だ。

それも地面の形に合わせてコンクリートを敷くようにみっちりと張り巡らせている。凸凹を液状のウッドブロックで埋めている、という見方の方が正しいかもしれない。

岩や木の根と一体化してウッドブロックが敷かれた為、割れない限りはズレたりすることもないだろう。

更に、ウッドブロックを寝ながらでも作れるようになった僕にとって、材料さえあれば秒速一メートルほどの勢いで道路を作ることが出来るのだ。

「うぉおおおっ！」

「ヴァン様に負けるなー！」

「切れ切れ切れー！」

目の前ではバタンバタンと木々が横倒しに倒されていき、周りの騎士達が声援を送る光景が広がる。対して、僕は切り倒された木々をすぐにウッドブロック製道路に加工していく。

段々と何かの競技みたいになってきた。負けてなるものか。そう思い、更に道路を敷く速度が向上する。

そんな感じでやっていたせいか、気が付けば三時間は夢中で山道を整備していた。

「さ、流石《さすが》に晩御飯休憩！」

僕がギブアップすると、先で木を切り倒していた騎士達もその場で座り込んでしまった。皆、完

全に疲労困憊《ひろうこんぱい》だ。

その時、ズズンと地響きを鳴り響かせて、大木が切り倒される。

「む？　もうそんな時間ですかな？　まだ陽《ひ》は高いように見えますぞ」

皆、疲労困憊なのは間違いないのだが、ディーだけは違ったようだ。ディーは不思議そうな顔で太陽の位置を確認したりしている。

どれだけ元気なおじさんなのか。

「ヴァン様！　あそこをご覧ください！」

馬車の荷台に座って呆《あき》れながらディーを眺めていると、ティルが近くに来て大きな声を上げた。

視線の先を見ると、ヴァン君印のコンテナハウス風拠点が並んで設置されているのが目に入る。

「おお！　ちょうど良いところに休める場所がある！」

「はい！」

思わずティルとハイタッチをして喜ぶ。溜《た》まった疲れが何処《どこ》かへ行ってしまったかのように出来上がったコンテナに向かって走った。

「おお！　良く出来ているね！」

そう言って壁や扉を叩《たた》いてみる。僕の身長が低いせいでもあるが、仮設にしては十分大きくて立派な拠点だ。頑丈に作ったし、陛下が休んでも問題は無い。

「すごく立派ですね」

ティルがそう言って微笑むと、後から来たカムシンが笑いながら口を開いた。

「もしかしたら、この拠点の取り合いで行軍が止まってしまったのかもしれませんね」

「なるほど。それなら僕はあまり怒れないかな」

そんな適当な会話をして、笑い合う。そこへアーブとロウを連れたアルテが現れる。

「こちらで野営を行いますか？」

「そうだね。皆が休めるように、拠点を後二つ追加で建てようか。交代で休めば全員睡眠をとれるよね」

アルテの質問に答えると、アーブとロウが胸に手を当てて返事をした。

「は！　それでは、さっそく拠点作りを始めます！」

元気な声で返事をすると、何故か楽しそうに二人で密談をしてから他の騎士達に向き直る。

「アーブ一番隊！　ロウ二番隊には負けられんぞ！　素早く拠点を作れ！」

「ロウ二番隊！　日頃の特訓の成果を見せるぞ！　頑張ろう！」

二人が号令を発すると、それぞれの部下達が返事をして駆け出す。どうやら、これまでもこのような対決をしてきたのだろう。誰も疑問も持たずに勝負が始まっていた。

人数が多いこともあるが、その対戦形式のお陰だろうか。拠点は瞬く間に完成する。

「どうぞ、ヴァン様！　アーブ拠点に！」

「いえいえ、こちらの方が快適ですよ？」

二人が出来たばかりの拠点の前に立ち、再度張り合いだした。それに苦笑しつつ、僕は馬車の上に積んだコンテナを指さす。

「それは後で決めるから、もうちょっと拠点を作っておこうよ。休める人を多くしないと、交代で休むのも限界があるからね」

そう告げると、二人はまた拠点組み立て勝負を始めるのだった。

三日目、ついに騎士団の最後尾が見えた。人数が少ないからかなり速く行軍出来た筈《はず》だが、どうやら王国騎士団は随分と早く旅程を進めていたらしい。

「おお、ヴァン男爵騎士団だ……！」

「変わった馬車で移動しているな」

あまり関わりのない貴族家の騎士団が最後尾なのか、僕の騎士団の装備を知らない者達がそんな声を上げていた。

「どうもどうもー」

軽く挨拶をしながらその脇を通り抜け、列の奥へ入っていく。しばらく進むと今度はパナメラの騎士団を発見した。見たことのある騎士達がこちらに気が付き、一礼をしてくる。

「お久しぶりでーす！　パナメラさんはいますかー!?」

「は！　行軍が止まってしまってからは陛下の傍《そば》へ移動しております！」

「分かりましたー！　ありがとうございますー！」

必要な情報を受け取り、感謝を返す。ほのぼのと笑顔で挨拶を交わしながら通り過ぎた。そんなこんなで大勢の兵士達に愛想を振りまきながら陛下の馬車を目指す。ヴァン君の愛くるしさに胸が苦しいという兵士達も現れるに違いない。後でお買い求めしやすいようにセアト村でヴァン君印のお土産を準備しておこう。大ヒット間違いなしだ。

「ヴァン君饅頭《まんじゅう》、ヴァン君揚げパン、ヴァン君マドレーヌ……他には何かあるかなぁ」

買いやすそうなお土産を検討していると、ティルが挙手をして口を開く。

「はい！　私は鞄《かばん》とかも良いと思います！　ヴァン様の素敵な笑顔を刻印した革の鞄を販売しましょう！」

ティルが意見を述べると、アルテも何故かすぐに挙手をする。

「は、はい。私は、指輪やネックレスなどのアクセサリーも良いかと……」

二人がそれぞれ意見を言い、僕が「ふむふむ。僕の笑顔は刻印しないけど、二人の案は良いね」などと答えると、カムシンも腕を組んで唸《うな》り出す。何故か早押しクイズみたいなノリになってきた。

「ぶ、武器や防具はもうありますし、うーん……」

悩むカムシンに微笑ましい気持ちになっていると、気が付けば見たことのある紋章の描かれた旗が遠くにあった。あれは、王家の紋章か。

「もう王都騎士団に追いついたかな？　思ったより時間掛かったけど」

そう言って騎士団の様子を窺いながら歩いていくと、僕の預けていた仮設拠点が幾つも並んでいるのが見えた。その中心にある拠点の前に、明らかに近衛《このえ》騎士団らしき集団が集まっている。

「あそこかな？　こんにちはー！　セアト村より参りました、ヴァン・ネイ・フェルティオです！」

元気よく挨拶をしながらその一団に近づくと、規律正しい動き、態度で一斉に振り向いた。

「む、ヴァン男爵殿！　よくぞ来ていただきました。思った以上に早い到着で驚きました」

「いやぁ、舗装作業のお陰ですよ！　頑張りました！」

「ふむ？　申し訳ありません。仰《おっしゃ》っている意味が分からず……一先《ひとま》ず、陛下に閣下の到着を伝えてまいります。少々お待ちください」

騎士の一人が一礼し、拠点の方へ報告に向かう。むぅ。舗装作業について詳しく話したかったが、それは帰り道に実物を見てもらうことにするか。かなりの距離をこれまでにない速さで舗装したのだ。早い・丈夫・丁寧で有名なヴァン土建の舗装技術を是非とも皆に自慢したいものである。

そんなどうでも良いことを考えて待っていると、拠点からワラワラと人が出てきた。

「おお、少年！」

一番手はパナメラである。目立つ金髪に、軽装の鎧姿でも分かるナイスバディ。相変わらずの迫力である。そして、その背後からフェルディナットやベンチュリーが現れ、ようやく陛下とダディが現れた。

何故かこちらを見もしないジャルパを怪訝《けげん》に思いつつ、僕は陛下に向き直りその場で片膝を突いた。

「少々遅くなりましたが、ヴァン・ネイ・フェルティオ。陛下の御前に馳《は》せ参じました」

少し畏《かしこ》まった挨拶をしながら頭を下げると、陛下が両手を広げて感嘆の声を上げた。

「よくぞ参った！　本来ならわざわざ呼びつける内容でも無かったが、少々揉め事が長引いてな。一度検証だけでもすれば解決するだろう。悪いが、話を聞いてもらえるか」

「もちろんです、陛下。何を検証するのでしょうか」

開口一番に陛下から要領を得ない頼まれごとをされ、丁寧に内容の確認を行った。何でも良いから早く終わらせて早く帰りたい。そう思ったのだが、陛下は困ったような顔で唸る。

「ふぅむ。それが、困ったことに騎士団と冒険者との間で諍《いさか》いが発生してな。その原因が、貴殿が作製した仮設拠点の不具合だというのだ」

「……へ？」

行軍停止のまさかの理由に、思わず僕は言葉を失ってしまった。そんなバカな。時間が無かったからさっさと作ったのは間違いないが、別に手抜きはしていない。むしろ、普通の工業製品よりも均一なクオリティで提供している筈だが……。

色々とグルグル頭の中で考えるが、答えは出ない。コンテナ以外の部分に原因があると考えるのは簡単だが、もしコンテナに原因があったら気まずいったらない。

「……早急に原因を究明したいと思います。その、問題があった仮設拠点を一度見せてもらえたらと思いますが……」

僕は深く頭を下げて、そう答えた。

第三章 ✿ クレーム対応

僕の作った仮設拠点。つまりウッドブロック製コンテナハウスが倒壊したという。

この場合、通常考えられる原因は何か。

一つ目は製品自体の初期不良。その場合はもう謝るしかない。二つ目は組み立て時の手違い。だが、冒険者達《たち》が野営をする拠点を作るのに手を抜くとは思えない。

最後の三つ目、作った拠点を内部から解体作業した場合だ。この場合は、二人以上でコンテナ内部から天井を持ち上げなければならない。つまり、故意に解体しようとしなければ起きえない事故だと言える。

考えられるのは一つ目か三つ目だが、どっちにしろ大変だ。一つ目ならヴァン君の信頼は失墜。セアト村の特産品にも多大な影響が出るに違いない。三つ目なら、僕を陥れようとする敵対勢力がいるということになる。それも必然的に貴族が、だ。おかしい。こんなに愛くるしい僕を敵と認識するなんて……。

そう思った時、ふとある人物の顔が思い浮かんだ。

ジャルパだ。近隣の貴族が僕の活躍に嫉妬して邪魔をしている線もあるが、最も僕の失敗を喜ぶ相手として思い当たるのはジャルパだろう。いや、ジャルパが直接自らの騎士団を使って下手なことをするとは思えない。それなら他の貴族も絡んでいると見た方が良いか。

「これは面倒なことになるかもしれないな」

自身の想像が思いのほか現実味たっぷり過ぎて辟易《へきえき》しつつ独り言を呟《つぶや》く。今は陛下達に拠点に戻ってもらい、僕は馬車の中で冒険者一同を待っている状態だ。余計な独り言を言っても聞いているのは同乗しているティルとアルテだけである。

「ヴァン様！　オルト殿が来ました！」

カムシンの呼ぶ声がした。馬車から顔を出すと、騎士達の横を縦一列になって向かってくるオルト達が目に入る。

「おーい！」

こちらから手を振って声を掛けると、オルトが笑顔になって手を上げた。

「ヴァン様！」

オルト達は駆け足でこちらに来た為《ため》、僕も馬車から降りる。オルトにプルリエル、クサラもいる。冒険者は全員で十人ほど集まっていた。

「話は聞いたよー！　僕の作った拠点が壊れちゃったって……せっかく皆が作ってくれたのに、ごめんね」

すぐに謝る。せっかく協力してくれていた冒険者達に嫌な思いをさせたのだから、必ずそうしようと思っていた。

だが、それにオルト達が大慌てとなる。

「い、いえ！　ヴァン様のせいではありません！」

「そうですよ！」

「俺達だって、ヴァン様のコンテナが悪いなんて思ってねぇんでさぁ！」

冒険者達が口々にフォローしてきた。有難い限りである。

「ありがとう。そう言ってもらえると助かるよ。ところで、頑丈に作った筈《はず》のコンテナが何故《なぜ》壊れちゃったんだろう？」

そう尋ねると、オルトが珍しく怒りをそのまま表現した。

「それが、誰かが出来上がったコンテナを壊したに違いないんです。誰かまでは分かりませんが……」

「ってか、聞いてくださいよ！　勝手に崩れたっていうコンテナも部品が折れたとかじゃないんすよ！　崩れたコンテナをもう一回組み立てたら、次は全然崩れずにまだ建ってますからね！」

「そうだぜ！　勝手に壊れたってんならどっか部品が折れてないとおかしいんだ！　自分達で組み立ててないから、その辺が分かってねぇんだろうな！」

怒り心頭の冒険者達がオルトの言葉に同意し、文句を言う。気持ちはとても理解出来るが、今は場所が悪い。陛下の休む拠点の傍《そば》で文句を言うということは、主たる貴族達の耳に直接届くということだ。

もし、犯人扱いして間違えてしまっていた場合、最悪の結果もあり得る。

「み、皆……分かったから、ここでは静かにしておいて……」

皆に黙るようにジェスチャーを送る。しかし、遅かった。

「……どういう意味だ」

その声に振り向くと、そこにはジャルパとベンチュリーの姿があった。そして、他に二人の貴族の姿も。

これは、もう無かったことには出来まい。

「聞き間違いか？　今、冒険者風情が貴族を批判するような声が聞こえた気がしたが」

腕を組み、ベンチュリーがぎろりとこちらを睨《にら》んでくる。それに、冒険者達は何も言えずに押し黙った。だが、反抗心からかその場で跪《ひざまず》くことまでは出来ない。本来なら、身分が遥《はる》かに上の貴族を前にしたら跪き、畏《かしこ》まるものだが、皆は自尊心が邪魔をして仁王立ちしながら沈黙することしか出来なかったらしい。

その態度に、ベンチュリーは更に怒りをあらわにする。

「この下郎共が！　貴様らのせいで王国軍の歩みは止まっておるというのに、何だその態度は!?」

凄《すご》い形相で睨みながら、ベンチュリーはオルト達に怒鳴った。その言葉に、オルトから順番にその場で姿勢を低くしていく。仕方なく、貴族の言葉に従っているといった雰囲気だ。というか、よく見れば膝も地面に突けてはいない。

一方、僕はそのやり取りを見て、微妙にベンチュリーの態度が気になった。

ベンチュリーは、冒険者達を睨みながら「貴様らのせいで」と言った。つまり、原因は冒険者だと思っているということではないだろうか。

その言葉が出てくるのならば、少なくともベンチュリーは僕を陥れようとしている貴族ではないと思う。ジャルパと戦友でもあることから協力者筆頭の可能性もあると思っていたが、どうやら違うらしい。

ならば、第三者である上級貴族を利用しない手は無いだろう。

「ベンチュリー伯爵。僕の拠点のせいで大変ご迷惑をお掛けいたしました。イェリネッタ王国への侵攻作戦で重要な行軍を滞らせてしまい、本当に申し訳ない気持ちでいっぱいです」

そう口にしてから、片膝を突いて頭を下げた。まずは、冒険者達へ向いていた意識をこちらに戻す。そう思っての行動だったが、ベンチュリーにはとても効果があったようだ。

腕を組み、深く息を吐いてベンチュリーは怒鳴ることを止《や》めた。

「……良い。面を上げよ。正直に言えば、陛下も我もヴァン男爵の作った物を信用している。何か、別の要因で拠点が倒壊したと思っているのだ」

「おお、本当ですか！」

僕が顔を上げて喜ぶと、ベンチュリーは鼻を鳴らして後方を見た。

「そうでなくば、陛下に拠点の中でお休みいただくわけがなかろう」

「なるほど！」

ベンチュリーの言葉に思い切り頷《うなず》いて納得する。そりゃそうだ。それに、王国軍の主たる貴族の中でもフェルディナット伯爵とパナメラ子爵は味方だと思っている。

案外、形勢は悪くない。

これでベンチュリーにも協力してもらえたら、すぐに実行犯まで辿《たど》り着く筈だ。なにせ、対象となる貴族が一気に絞られるのだから。

しかし、そこまで考えて思い直した。

それでは、イェリネッタ王国への侵攻が大きく遅れてしまう。貴族の数はともかく、王国軍の兵士の数はとんでもない。その中から二、三人の犯人を捜し出していたら一日、二日は掛かるだろう。更に、自白を強要しようにも確たる証拠が無ければ時間ばかり掛かるに違いない。

ならばと、僕はベンチュリーとジャルパを見て口を開いた。

「ありがとうございます。この汚名は王国軍の行軍速度を倍にすることで返上させていただきたいと思います」

そう告げると、二人の目はまん丸になったのだった。

「木だ！　木を切れぃ！」

「運べ、運べーっ！」

「魔物への警戒を緩めるな！　邪魔をさせるでないぞ！」

「おい！　そこの者！　もっと丁寧に雑草を刈れ！」

多数の騎士達の怒鳴り声が響く中、僕はせっせとウッドブロックを道に敷き詰めていた。

大いに人員が増えたお陰で、王国軍に合流する時よりも早く僕は山道を舗装していく。なにせ、馬車が進む速度より速く進む先に木々が運び込まれているのだ。僕は絶えず柔らかウッドブロックを作って道の形状に合わせて固めるのみだ。凄い速度で道が綺麗《きれい》に整っていく為、僕が休むよりも先に木々を切り倒したり運んだりしている兵士達の方がギブアップして交代していく。

あっという間に半日の舗装作業が終わり、食事休憩を取る。タイミング的に今日はここまでといったところか。

そう思ってティルから冷たい飲み物を受け取って一服していると、後方からパナメラを連れた陛下が現れる。

「おお！　瞬く間にこれだけの街道を作るとは……！」

陛下が感嘆の声を上げて現れると、汗だくで休憩していた兵士達が慌てて地面に跪き、首を垂れる。もちろん、僕やティルも同様だ。

「ヴァン男爵。顔を上げよ」

「はい」

返事をして陛下を見ると、物凄くご満悦といった顔が目に入った。陛下は両手を広げて、出来たばかりのウッドブロック製街道を見回す。

「素晴らしい！　男爵の魔術の有用性は十二分に把握していたつもりだったが、まだまだ足りなかった！　まさか、馬車が進むのと同じ速度で道が敷かれていくとは……男爵の魔力量次第だが、これが出来るなら今まで攻略出来なかった要塞も攻め落とすことが出来よう！　なにせ、山や森、河川も関係なく大軍勢が行軍可能なのだ！　これまでの戦争の常識を変えるぞ！」

興奮冷めやらぬ様子の陛下の言葉に、兵士達も驚きの声を上げた。そこへ、パナメラが頷きながら口を開く。

「仰《おつしや》るとおりです。また、この険しい山中の行軍を安全に行えたのは冒険者達の働きも大きいでしょう。魔獣を事前に見つけ出すあの嗅覚は騎士団にはありません。あの優れた技能を、騎士団でも取り入れた方が良いかと思われます」

「うむ！　冒険者達か！　想像していたよりもずっと有能な者達であったな。少々揉《も》め事《ごと》を起こしてしまってはいるが、その功績は忘れておらんぞ」

パナメラの言葉に陛下は小さく頷きながらそんなことを言った。冒険者達への評価は有難いが、陛下の中でもまだ今回の仮設拠点の件は犯人が誰か決めかねているようである。まぁ、一方的に貴族の味方をしていないのだから、かなり公平な判断だろう。

とはいえ、このままでは僕としても気分が良くない。

「……色々考えていたらダメだな。よし、今日はゆっくり休んで、気持ちを切り替えよう」

小さく呟くと、陛下が耳聡《みみざと》く「おお」と返事をしてきた。

「うむうむ。これだけ長い時間魔術を使いっぱなしだったのだ。もう限界だろう。ゆっくり休み、明日に備えてくれ」

にっこにこの陛下にそう言われて、ホッとしながら顎を引く。死ぬ気で街道を作れと言われなくて良かった。

「はい。それでは、どうせですので皆が休めるよう拠点を作りましょう。カムシン。残った木材を持ってきて」

「はい！」

そう言って準備をし始めると、陛下が目を瞬かせて口を開く。

「なんと、まだコンテナを作れるほど魔力が残っていたのか」

そんなことを呟く陛下に、思わず笑みが零《こぼ》れる。ちょっと驚かしてやろう。

「ヴァン様！　木材の準備が出来ました！」

「おお、いっぱいだね。まだこんなに残ってたのか」

カムシンの報告を聞いてそちらを見ると、舗装された道の端に山のように伐採された木々が積まれていた。笑いつつ、山の斜面や道の続く先を確認する。ちょうど良いことに斜面はなだらかであり、道の部分も比較的広い区間である。

「よし。それじゃあ、頑張って士官以上が休めるようなものにしようか」

そう呟くと、頭の中で形状を考える。ダンジョン前に作った休憩所のような建物が良いか。どうせだから、最上階は背を高くしてこの辺りを見渡せるようにしてみよう。細長くなると不安だから、部屋を一つずつ広くして壁の数を減らすか。

そんなことを考えながら、木材に手を触れて魔力を込める。山の形状に沿って三角錐《さんかくすい》に似た形の建物を作り上げていく。もうすでに山中深くにいる為、強力な魔獣を相手に出来るように壁はかなり頑丈にしている。

そして、壁面に取っ掛かりとなる部分を作らないようにする為、まるで古いＳＦ映画の建造物みたいなデザインになってしまった。地中に埋もれたピラミッドのようにも見える。

ただし、サイズは巨大だ。内部を大雑把に区切っただけなので、中はあまり凝ったことは出来なかった。いずれ面白おかしく作り直すとしよう。

「……よし！　陛下、今日はここで休むとしましょう。正面の一か所のみに大きめの扉を設けてますが、他に侵入される場所はありません。安心してお休みください」

振り向いて建物の説明をする。しかし、陛下は出来たばかりの拠点を見上げて目と口を開けていた。そして、隣に立つパナメラは腕を組んで僕を見下ろし、口を開く。

「……少年。やり過ぎだ」

斜面に生えた木々も利用したお陰で、随分と巨大な拠点となった。大きな両開き扉を開くと正面には四人が並んで使えるような広い階段があり、左右には驚くほど広い部屋が広がっている。

まぁ、ピラミッド的な形なので、階段を上がるほど部屋は小さくなっていくのだが。

「陛下。こちらは恐らく五十人ずつで合わせて百人ほど休める広間になっています。上の階に上がるほど狭くなりますが、合計で三百人ほどは休めると思います。手間でなければ、陛下は最上階の個室でゆっくりお休みください」

長く続く階段を見上げて目を瞬かせる陛下にそう声を掛ける。すると、何とも言えない表情でこちらを見た。

「……この僅かな時間で完成した拠点はどこにでも作れるのか？　いや、言い方が悪かった。山の斜面や森の中に作れることは分かったが、崖や川の上に作ったりも出来るのか？」

「材料と土地の形状次第だと思います。例えば崖の場合は壁面に作る形になるので、最低限の取っ掛かりは欲しいですね。川ならば深すぎないこと、でしょうか。深すぎたら流石《さすが》に作るのは大変です」

答えると、陛下は腕を組み真剣な顔で唸《うな》った。

「……それ以外ならば、拠点は作れるということか。これは、とんでもないな……」

低い声でそんなことを呟く陛下。その背後を隠れるように移動して、パナメラが僕の手を引いた。

こそこそと広間の方へ移動して、パナメラがぐっと顔を寄せてくる。

「少年……君は間違いなく天才だろうが、今回は馬鹿なことをしたぞ。今後も領土の拡大を狙っている陛下の前で、何故こんな魔術を披露する？　敵対する国の喉元に城塞を築くことが出来れば大きく有利となるだろう。それだけじゃなく、少年がいれば様々な場面で築城という手段を用いることが出来る。これは陛下からすれば喉から手が出るほど欲しい一手となるぞ」

ヒソヒソと僕の拠点作りに苦言を呈するパナメラ。僕を利用すれば簡単に爵位を上げることが出来るだろうに、気が強い割に優しいお姉さんである。

「大丈夫ですよ。だって、それだけ有用だと思ってもらえたら、僕が嫌がることはしないでしょう？」

暗に、裏切って敵国につかれてしまったら困るだろう、とパナメラに告げる。領土を広げたいと思っているなら拠点を短期間で作れる僕が敵になったら大いに困ることだろう。陛下の要望には応えられないが、敵対はしないからお目こぼしをしてもらおうという算段である。

成り上がっていこうとしているパナメラとは違い、陛下の期待に沿わない行動をしてしまっているが、僕は出世欲など無い。あるのは平穏で面白おかしい毎日を求める心である。パナメラとは考え方が違うから、理解はしてもらえないだろうが。

そう思って顔を上げたが、パナメラは苦笑して肩を竦《すく》めるのみであった。

「……なるほど。自身の力を見せつけて意見を通せるようにする、ということか。しかし、中々勇気のある選択だぞ？　陛下は聡明《そうめい》だからそのやり方も通ると思うが、下手な王族を相手にそんな交渉をすれば、言い方を間違えるだけで反逆者とされる。分かるか？」

パナメラにそう言われて、すぐに神妙な顔を作る。これは、パナメラの警告だろう。表情や言葉のニュアンスで何かを感じることが出来た。

どうやら、少し調子に乗ってしまったらしい。正直、バリスタで矢をばら撒《ま》きながら逃げれば十分亡命も可能だと思っているが、せっかくのパナメラの厚意を無駄にしてはいけない。

「……分かりました。気をつけます」

答えて頭を下げる。

そこへ、陛下が含みのある笑みを浮かべて歩いてきた。

「……話は終わったか？」

「もしかして、聞こえてました？」

首を傾《かし》げながら笑みを返す。その反応に陛下は肩を揺すってくつくつと笑った。

「いや、聞こえておらん……と、いうことにしておいてやろうではないか。はっはっは。まったく、大した度胸だ」

陛下はそう言って笑うと、一人で先に階段を登って上の階へ向かっていってしまった。どうやら、国王軽視とも取られかねない発言を聞かなかったことにしてくれるらしい。流石は陛下。器が大きい。

「大丈夫だったみたいですね」

パナメラを振り返ると、呆《あき》れた顔をされてしまった。

「……少年が四属性の魔術師だったとしても、戦争で十分な功績を残しそうだな」

「あはは。そんな前線に出そうな魔術適性じゃなくて良かったですよ。それじゃあ、僕は外で休みますから」

そう言って出入り口に向かうと、パナメラは目を瞬かせる。

「なんだ。こんなところで遠慮しているのか？　少年の基準が分からん。自分で作ったのだから、堂々と一室使って休めば良いだろう？」

「あ、いえ、自分の拠点は今から作ります。まだ明るいですし」

【ディーノ国王】

ヴァンのお陰で、山中を進軍中とは思えない快適な環境で休息をとることが出来た。それまでの仮設拠点もそうだが、今回作ってもらった巨大な拠点はより静かでゆっくり出来る施設になっている。なにせ、個室が用意されているのだ。普通ならテントくらいしかないのだから、あまりにも贅《ぜい》沢《たく》な話だ。

それに、左右には細い穴が空いているようで、新鮮な空気も感じられた。更に、個室には座れるよう椅子や台も部屋の一部として備え付けられている。あの少年は一々工夫を凝らしているな。

大満足で部屋から出て、入口で部屋を守っていた近《この》衛《え》兵《へい》に声を掛ける。

「そろそろ拠点から出ようと思うが、ヴァン男爵はどこで休んでいる？」

「は！　男爵はどうやら外でお休みのようです！」

「なに？」

近衛兵の言葉に、思わず聞き返す。私が不機嫌になったと感じたのか、近衛兵は背筋を伸ばして姿勢を正した。怒っているわけではないが、てっきりヴァンが同じ拠点内で休んでいるものと思っていたので驚いた。

「まさか、爵位を気にして外で休んでいるのか？」

そう呟き、顎に手を当てて思案する。確かに男爵とは騎士爵を除けば最下級の爵位だが、拠点を作った本人なのだから気にせずとも良いだろうと思った。

溜《た》め息《いき》混じりに供を従えて階段を降り、拠点の外へ出た。かなり早くに寝たことから、外はまだ朝日が昇ったばかりといった雰囲気である。

「へ、陛下！」

外へ出ると、野営していた騎士達が私を見て驚き、直立不動になる。片手を挙げて応えつつ、周りの景色がおかしいことに気が付いた。

「……仮設の拠点を設置、したわけではないな」

そんなことを呟きながら、周りの景色に意識を奪われる。

なんと、周囲に二階建て程度の拠点が無数に並んでいたのだ。流石に大半の兵士は外で野営を行っているが、恐らく千人、二千人ほどは入れるだけの拠点が出来上がっている。まるで宿場町のような様相となっているのに気付いて近くにいた騎士に問いただす。

「……これは、今朝出来上がったのか？」

まさかと思ってそう尋ねたが、騎士はやはり首を左右に振った。ヴァンの性格はかなり把握しているつもりだ。まさか、皆の為にと朝日も昇らぬ早朝から拠点を作ったりはしないだろう。

ならば、これだけの魔力がまだ残っていたということだ。

「こ、こちらはヴァン男爵が夕飯前にもうちょっと作っておこうと言ってお建てになりました……その、休憩する騎士団はそれぞれ話し合いにより決定の後、三班に分かれ交代で休んでおります」

「良い。別にここで休むことを咎《とが》めたりはせぬ」

騎士の言い訳めいた説明を聞き流し、もう一度周りを見回す。この拠点が山道途中に幾つかあれば、行軍だけでなく物資の保管も可能になる。遠征可能期間が大きく延びることだろう。常に気を配らなければならない兵站《へいたん》の安全性が飛躍的に向上するのは間違いない。

これの価値に、どれだけの者が気付くことが出来るか。

「パナメラ子爵が五分《ごぶ》の同盟を結ぶわけだ。流石に賢《さか》しいな」

呟きつつ、頭の中では様々なことを考える。ヴァンの魔術の効果範囲や継続性。そして、魔力量。どれだけのことが出来、どれだけ連続して魔術を使うことが出来るのか。昨日は半日近くで山中に街道を作り、更にこれだけの拠点を作ってしまった。これなら、本当に敵地の目の前に一夜にして城を築くことも出来るかもしれない。また、ヴァンの魔術の可能性の模索だ。魔術を活《い》かすならば、様々な視点から魔術を見つめ直す必要がある。

もし、これがドワーフの国であったなら、ヴァンの魔術は鍛冶にばかり向けられてしまっていただろう。それはあまりにも大きな損失だ。無数の可能性を潰してしまっているだけである。

「……セアト村に軍事研究家を何人か派遣するか。十人程度でも皆で知恵を捻《ひね》り出せば、必ず王国に益となる物が出来上がるだろう。こうなると、男爵の引き籠り気質が惜しいな。新たな街道、治水工事、要塞、兵器開発……いくらでも仕事があるが……」

場所も考えずにブツブツと思案に耽《ふけ》っていると、不意に背後から複数の足音が聞こえてきた。足音が軽い。そう思った時、すぐに私は口を閉じて背後を振り返っていた。

「朝が早いな、ヴァン男爵」

振り返り様にそう告げると、女子供を連れたヴァンが驚いたように目を丸くしていた。

「お、おはようございます、陛下。先に声をお掛けしようと思ったのに、良く気が付かれましたね」

「ふふ、戦場を主な仕事場としてきた私を舐《な》めるな。それにしても、ようやく男爵を驚かせることが出来た気がするぞ」

笑いながらヴァンを見下ろす。すると、ヴァンは苦笑しつつ頷いた。

「はい、それはもう……あ、報告が遅くなってしまいましたが、勝手に拠点を増やしてしまい申し訳ありません。一応、街道の広さはそのままにしていますし、頑丈さや使いやすさを優先して建てているので、今後も長く使える拠点だと思います」

そう言われて、当然のように深く頷く。

「軍の進行には適さないとされてきたウルフスブルグ山脈の山道にこれだけの拠点が出来たのだ。誰が文句など言おうものか。だが、これでヴァン男爵の魔力量をかなり正確に把握出来たからな。街道や拠点、要所には砦《とりで》も作ってもらおうか」

ヴァンの目を見ながらそう告げた。ヴァンがどう答えるか。今後、ヴァンは我が王国とともに歩くのか。それとも、別の道をすでに考えているのか。色々考えての言葉だ。

だが、ヴァンは困ったように笑いながら片手で自身の後頭部を撫《な》でて、浅く頷いたのだった。

「もちろんですよ。ここからイェリネッタ王国の国境まで幾つか休める場所と要塞を準備しましょう。ただし、戦争には参加しませんよ？　僕はすぐに逃げますからね？　それだけはお願いしますよ」

と、普通なら無理難題というような内容を軽く了承し、更には軽口まで叩《たた》いてくる始末。まだ十歳にも満たぬ子供だが、深く知る者は誰もが天才と評する麒麟児《きりんじ》だ。王が何たるかを知らぬわけではない。ならば、私を逆に試しているのか。

面白い。

改めて、ヴァンという子供に強い興味を抱いた。

第四章 ✿ 行軍に参加したら……

陛下の依頼もあり、じゃんじゃん道を整備して拠点もちょいちょい作っていく。途中から施錠も出来るようにならないかと言われたので、中から簡単に施錠出来るようにまでした。

そうして一日目、二日目、三日目と過ごしていくと、瞬く間に山の行軍過程は計画していたペースに追いつき、何なら追い越してしまった。

「……あれ？　そういえば、仮設の拠点が崩れたって話が出なくなったね？」

振り返ってそう尋ねると、馬車の御者席に座るティルが目を瞬かせて答えた。

「あ、そうですね。むしろ、今はヴァン様のお陰で行軍がすごく楽になったという話しか聞きません。やはり、何かの間違いだったんじゃないですか？」

ティルが答え、馬車の傍《そば》を歩くカムシンが深く頷《うなず》く。

「そうですよ。ヴァン様が作った物が不良品だったことなんてありません。誰もが嘘《うそ》と分かることです」

「いや、設計段階での失敗だったら不良品もあり得るからね。まだ何とも言えないよ」

僕の作った物を盲信するカムシンに苦笑しながら返事をする。すると、馬車の窓からアルテが顔を出した。

「ヴァン様。後方からムルシア様がいらっしゃいました」

「ムルシア兄さんが？」

アルテの言葉に驚いて舗装を途中で止めて、背後を振り返る。すかさずカムシンが僕の傍に来て額の汗を拭ってくれた。

出来たばかりの街道の奥から、ムルシアが騎士達《たち》を連れて歩いてくる姿が見える。ちなみに馬車の窓からぴょこんと顔を出すアルテの様子が可愛《かわい》らしい。

「ムルシア様」

アルテとティル、カムシンが頭を下げて挨拶をする。ムルシアはティルとカムシンに片手を挙げて応え、アルテの方に体の正面を向けて会釈した。

「アルテ嬢。お久しぶりですね」

貴族らしいとは言い難いが、人の良さそうな笑顔で挨拶をするムルシアに、アルテもホッとした様子で会釈を返した。一言二言通例の挨拶をすると、すぐにこちらに向かってくる。

「ヴァン、大丈夫かい？」

「え？　突然どうかしたんですか、兄さん」

開口一番に僕のことを気にかけた言葉を掛けられて、思わず首を傾《かし》げて聞き返した。

ムルシアも急過ぎたと感じたのか、浅く頷いてから言い直す。

「ごめん。挨拶もせずに」

「いやいや、それは大丈夫ですよ。それで、何かありましたか？」

再度確認すると、ムルシアは深刻な顔で僕の顔をマジマジと見た。

「ヴァンが無理をしてるんじゃないかと思って……凄《すご》い勢いで街道が出来ていくから、反対に心配になってしまったよ。まぁ、会いに来てみたらあまりにも普段通りで逆にビックリしたけどね」

ムルシアはそんなことを言って苦笑する。これは大変遺憾である。元気そうだから大丈夫だろうなんて思われては悲しい。

なので、僕は大いに不満を述べる。

「疲れてますよー。朝食と昼食と夕食と間食の間はずっと道を舗装したり、拠点を作ったりですからね。一時間はみっちり働いて、合間に食事したり、おやつを食べたり……食べ物が美味《おい》しいから良いけど、半日くらい休憩したいです」

と、労働環境に対する不平不満を告げた。それにムルシアは呆《あき》れたような顔をする。

「魔力を使い過ぎて倒れないか心配していたんだけど、それは大丈夫そうだね。思っていたよりも元気そうで安心したよ」

何故《なぜ》かムルシアは僕の文句をスルーした。口を尖《とが》らせて不満顔を作ってみたが、ムルシアは苦笑しながらこちらに顔を寄せる。

「……気付いているだろうけど、ヴァンが陛下に気に入られていることを妬む輩《やから》がいるんだ。正直に言えば私達の父であるジャルパ侯爵もその一人だろう」

声のトーンを落とし、ムルシアは警告を口にした。露見すればジャルパに睨《にら》まれるようなことを、わざわざ僕に教えてくれるのか。

まったく、お人好《ひとよ》しの兄である。

そう思って微笑《ほほえ》むと、ムルシアを安心させようと口を開いた。

「大丈夫ですよ。周りは常にセアト村騎士団に守ってもらってますし、ディーには少し後方から他の騎士団を見張ってもらっています。夜間は自分用に頑丈な拠点を作って休んでますから、嫌がらせもされないでしょう。まぁ、進軍が止まるのは困るでしょうから、そういった意味でも大丈夫かと」

なにしろ、他国との戦争に向けての行軍である。インフラの要である僕の足を引っ張るようなことは出来ない。もし何かあれば、陛下が黙っていないからだ。

言葉にはしないが、そんな含みを持たせて答えておいた。それに納得したのか、ムルシアは首肯を返す。

「そうか。それだけ気をつけているなら大丈夫かな。とりあえず、後方ではパナメラ卿《きょう》が拠点に異常がないか確認しているみたいだから、今後は拠点に問題が起きる可能性は少ないと思うよ」

「そうなんですか。心配していただきありがとうございます」

ムルシアのことだから、自分でも拠点に何かされないか確認をしてくれていることだろう。

僕は素直に、されど言葉少なに感謝の言葉を伝える。なにしろ、ムルシアの周りを守る騎士達もジャルパの部下なのだ。下手な発言はムルシアの立場を悪くするだろう。

まぁ、陛下がジャルパにムルシアの今後について一言口を出していたから、もしかしたらもう気にしなくても良いかもしれないが、本決まりでない以上は勝手な判断は出来ない。

「……お互い、色々面倒くさいですよね。ムルシア兄さん」

苦笑しながらそう呟《つぶや》くと、ムルシアは二度三度目を瞬かせ、噴き出すように笑ったのだった。


五日目。進めど進めど山と崖と川しか見えなかったウルフスブルグ山脈の行軍に変化が訪れた。

明らかに空の面積が増えたのだ。つまり、背の高い山々が減ってきて、空が広く見えるようになってきたということである。

ウルフスブルグ山脈は中心に行けば行くほど山が高い。そして、山の高さや過酷な環境に合わせて強大な魔獣が生息すると言われている。その広大な山岳地帯を真っすぐに通過するのは不可能とされるが、端の方をこっそり抜けるのは意外と何とかなるのだ。

と、そんな事情もあり、山が低くなってきたと実感出来たらウルフスブルグ山脈を抜けるのはすぐ、という判断が出来る。

「頑張ったら明日にでも目的地に着くかな?」

夜、出来たばかりの拠点の中でそう呟くと、カムシンが深く頷いた。

「はい。明日、明後日《あさって》にも到着するんじゃないでしょうか。これも全てヴァン様のお陰ですね」

「あはは。頑張ったからね。まぁ、自分のお尻の痛みが限界に来たから道造りを始めただけなんだけど」

苦笑しつつそんな会話をしていると、隣に作った女子用の部屋からティルが顔を出した。

「あ、ヴァン様。まだ起きてるんですか？　お疲れなんですから、早く寝ないと」

僕が作った寝間着姿で現れたティル。丈の長いワンピースタイプの寝間着だが、サラサラの着心地を実現する為《ため》に物凄く苦労した逸品である。我ながら良く出来ている。

そして、更に後ろから同じ寝間着を着たアルテも顔を出した。可愛らしい。

「そうだね。二人もそろそろ寝ないとダメだよ？　あ、寝具で必要なものがあったら言ってね」

そう告げると、アルテが目を細める。

「はい。ありがとうございます」

「大丈夫ですよ！　ベッドもあるし、快適過ぎるくらいです！」

ティルも笑顔でそんなことを言ってくれた。とはいえ、ベッドは即席な分、寝心地は良くない。布団や枕は魔獣の皮を加工している為なかなか良い感じだが、全体的に見ると微妙なところだろう。

「二人ともごめんね。セアト村に戻ったらちゃんとしたベッドがあるから、もう少しの辛抱だよ」

そう言って安心させようとしたのだが、二人は顔を見合わせて苦笑した。

「十分立派なベッドです」

「むしろ、セアト村にあるベッドが良過ぎるんですから。多分、陛下も拠点で驚かれてますよ」

「え？　そう？」

二人の反応に思わず首を傾げる。素材に拘《こだわ》れず、簡易的に作ったから安物のソファーベッドのような寝心地なのだが、意外にも問題はないと言われてしまった。

最近、衣食住を整えようと躍起になっていたが、気付かない内にかなりの水準に達していたのだろうか。

「そういえば最初は藁《わら》のベッドだったなぁ。懐かしい」

思い出して呟くと、カムシンが頷く。

「そうですね。最初はあまりにもボロボロな村に驚きました。でも、ヴァン様があっという間に凄い村に……多分、もう王都よりも良い場所になってますね」

何故かドヤ顔のカムシンがそんなことを言う。

「ははは。不敬罪で処罰されるよ、カムシン」

別の拠点ではあるが近くに陛下や他の貴族がいるというのに、まさかの王都を下に見るような発言。度胸があるなと感心してしまった。しかし、すぐに顔色を青くしていたので度胸があるわけでは無いようだ。

そんな他愛のないやり取りをして、僕達はそれぞれの寝室で就寝する。

今日も土木建築業務を頑張った。ヴァン君、偉い。そんなことを思いながら目を閉じた。

ふと、何かが僕の体を揺すっていることに気が付き、目を開く。

「ん……何?」

生返事をしながら、顔を横に向ける。

目の前には、真剣な顔でこちらを見るカムシンの姿があった。驚いた僕は上半身を跳ねさせるように起こしながら、素早くカムシンから離れるように体勢を変える。

「え!? カムシン、そっち……? いや、それならそれで応援はするけれど、僕はあまりそっちに興味は無くてさ……」

「ヴァン様、様子がおかしいです」

「え? いや、どちらかというとカムシンの方が唐突というかなんというか……」

混乱する頭でカムシンと微妙に噛《か》み合わない会話をする。それに、カムシンは表情を変えずに静かにするようにとジェスチャーを送ってきた。

素直に黙る。

ここまできて、ようやく寝起きの頭が働き出した。確かに、外で何か物音がしているし、その割

に人の声が聞こえてこない。まるで、泥棒が家屋への侵入を試みているかのようではないか。

「……え？　泥棒？　こんな無数の騎士団の行軍の中で？」

小さくそう呟くと、カムシンは腰に差したヴァン君印の刀を手にして、拠点の出入り口の方へと向き直った。

「……まだ、拠点の外のようです。そのままお待ちください」

カムシンが小さくそう呟いて奥に行く姿を見て、慌てて服を着替える。着心地の良い寝間着から、軽いウッドブロック製の鎧《よろい》に着替え、更にオリハルコンの双剣を手に持った。現在の僕の最強装備である。もう少し体格が良くなって筋肉が付いたらミスリルの鎧を着られるだろうが、現在はウッドブロックか魔獣の鱗《うろこ》の鎧が精々である。

装備を整えると何となく心にゆとりが生まれた気がした。

「……それにしても、騎士団が列を作って行軍をしている中で、どうして泥棒なんか……」

静かな深夜の山の中、かりかりといった木で木を擦《こす》るような物音が聞こえる。不気味なその音に別の意味で恐怖を感じた。

それは別室の者も同じだろう。

「……カムシン。ティルとアルテは寝てるかな？」

「もう何分も音が続いています。多分、起きているかと……」

カムシンはそう答えて、出入り口の方へゆっくりと移動を始めた。今回作った拠点は平屋で地下も二階もない。正面にリビングがあり、左右に一つずつ寝室という形だ。

幾つも拠点を作った結果、休むだけならこれが一番楽だった。ちなみに、陛下用の拠点は近衛兵《このえへい》が待機する部屋があり、その奥に寝室という間取りである。寝室も待機部屋もかなり広めに作ったが、中々良い評価を受けた。

と、いうことで、拠点内は休むことに特化した間取りである。逆立ちしても防衛拠点としては使えない。

それを理解しているカムシンが時間を掛けて慎重に寝室のドアを開ける。全く物音を立てないのは流石《さすが》である。まるで盗みのプロのように見事な動きで寝室から出ていくカムシン。

その後ろ姿を見つめていると、まるでタイミングを見計らったかのように出入口の扉から激しい音がした。まるで扉を蹴り破ろうとしているかのような轟音《ごうおん》に、細心の注意を払って移動していたカムシンの背が跳ねる。

「……っ!?」

声にならない声を上げて、カムシンはその場で固まった。だが、その間にも扉を無理やりこじ開けようとする音が響いてくる。

「鍵、開けられないよね？」

扉は内側から閂《かんぬき》による施錠をしている。それも全てウッドブロック製だ。簡単には壊せないと思うのだが。

そんなことを思って眺めていると、扉の隙間から黒っぽい棒が現れた。そして、閂である棒状のウッドブロックを上に持ち上げてしまう。

「え？　なにあれ。ズルじゃない？」

思わず突っ込んでしまった。こんなことなら横に動かす形式での閂にすれば良かったか。と、今更そんなことを考えても仕方が無い。そうこうしている内に、扉はいとも簡単に開けられてしまったのだ。

「ヴァン様、寝室から出ないでください」

カムシンはこちらも見ずにそれだけ言って、剣を構えなおした。拠点内に入ってきた瞬間に斬り込むつもりなのかもしれない。膝を僅かに折り曲げ、姿勢を低くしている。剣の柄《つか》を握る手に力が込められているのを見て、思わず僕の手にも力が入ってしまう。

だが、カムシンが動こうとした次の瞬間、出入口で爆発音にも似た轟音が鳴り響いた。室内で音が反響し、耳が痛む。

何が起きたのかを把握したいところだが、出入り口まで行かないと様子は分からないだろう。姿勢を低くしたカムシンのすぐ後ろまで行けば見えるだろうか。

そう思ってカムシンの顔を見ると、何故か苦笑にも似た表情を浮かべていた。そして、こちらを振り返る。

「やはり起きていらっしゃいましたね、アルテ様」

「え？　アルテ？」

カムシンの言葉を聞いて無意識に出入口へと向かった。顔を出すようにして外を見ると、アルテの操る一対の銀騎士《アヴェンタドール》が出入口を挟むようにして並んでいた。

「な、な、なんだ……!?」

誰かの叫び声が外から聞こえて、次に遠くから怒鳴るような声が響いてくる。

「なんだ貴様ら!?」

「すぐに捕縛しろ！」

そんな声の後に、すぐに激しく争う音が聞こえてきた。金属の打ち合うような音は静かな夜によく響く。

「ヴァン様、ご無事ですか？」

外が騒がしくなってから、ティルとアルテが周りを警戒しながら近づいてきた。アルテの傍にはミスリルの甲冑《かっちゅう》を着た人形が付き従っている。

「大丈夫だよ。ありがとう」

返事をして、双剣を鞘《さや》に納める。嬉《うれ》しいやら悲しいやら……今最も頼りになるのはアルテだった。

「僕ももうちょっと鍛えようかな」

ディーによる訓練の時間を増やそうか。そんなことを思いながら小さくそう呟く。すると、カムシンが真面目な顔で頷いた。

「ご一緒します」

カムシンの言葉に苦笑して頷く。こちらは冗談では無さそうだ。

そうこうしている内に、外からどやどやと騒がしい声が聞こえてきた。

「ヴァン様！　ご無事ですか!?」

現れたのはディーである。額に汗の球を作って顔を出したディーに、片手を振って返事をした。

「大丈夫だよ。侵入者は捕まえた？」

尋ねると、ディーは苦虫を噛み潰したような表情で顎を引く。

「どこぞの騎士団が手引きしたようです。残念ながら、取り逃がしました。ただ、見当はついております」

地の底から響くようなドスの利いた声に、僕の方が怖くなってしまう。よほど取り逃がしたことが悔しいのだろう。乾いた声で笑いながら、首を左右に振る。

「仕方ないよ。ディーには行軍の補助を頼んでたから、傍にいなかったしね。それにしても良くこんなに早く来られたね」

「一人で行軍の列を抜いて参りました」

そう言って、ディーはにやりと笑う。

「ありがとう。やっぱりディーは頼りになるね」

「わっはっは！　次は怪しい輩ごとき叩《たた》きのめしてみせますぞ！」

礼を述べると、ディーは胸を張って笑った。それに愛想笑いを返しつつ、ディーが隊列を無視して通過したであろう騎士団達のことを想像する。

「……後で、謝っておこうかな」

苦情が他の貴族から上がるであろうことを想像して、僕は苦笑しながらそんなことを呟いた。


厄介なことに、僕の拠点に侵入しようとした不埒《ふらち》な輩の背後に騎士団がいると分かった以上、調査しないわけにはいかない。

それは敵対するものは許さないぞ、という貴族としての在り方であったり、力を示すことで間接的に他の貴族への牽制《けんせい》を行うことであったりと、理由は様々である。

とりあえず、貴族としては自分に害を為《な》そうとする者を放っておくと、命の危険以外の部分でも色々と不都合が起きてしまうのだ。面倒くさいが仕方がない。

溜《た》め息《いき》を吐《つ》きつつ、怒れるディーの後ろを歩く。十分ほど遅れてやってきたアーブやロウもかなりお怒りである。それに感化されてか、カムシンも肩を怒らせて歩いている。

ちなみに僕の休む拠点付近を守っていたセアト村騎士団も同様だが、拠点の周りを夜間パトロールしていた二名の若者はお通夜状態だ。どうやら、他の騎士団の人から食事の為の交代を申し出られて受けてしまったようだ。立派な騎士の鎧を着ていた中年二名から、職務の都合で動けない為交代で食事休憩を取りたいと言われたようだ。そんな高い身分の騎士が休憩もとれずに夜の番などしないだろうが、若者二人はまんまと騙《だま》されてしまった。まぁ、他の貴族や騎士団が入り乱れての行軍では勝手が分からないこともあるだろう。

それに関しては見張りをしていた二人がディーにこっぴどく怒られてしまい、可哀想《かわいそう》なくらいである。

一回失敗をした方がミスをしなくなるというのは良く聞く話なので、怪我人《けがにん》も被害もなかったのだから僕は気にしていない。何なら次はわざと同じ状況を準備して囮《おとり》になっても良いくらいである。

しかし、今はイェリネッタ王国との戦いに備えた大事な行軍の最中である。貴族として力を示したり、敵対者を許さないという強い意志を見せたりするのは大切だが、その塩梅《あんばい》が難しい。行軍の邪魔をするのは愚行であり、陛下だけでなく他の貴族からも悪感情を持たれる可能性がある。

とはいえ、何もしないわけにもいかない。

そんな面倒なことをグルグルと頭の中で考えながら、とりあえず山道の舗装工事を続けていく。

「どうしたものかなー」

「え？　何か仰《おつしや》いましたか？」

馬車の前で舗装工事をしながら呟いた独り言に、傍で飲み物を用意していたティルが反応する。

ついでにとばかりに差し出されたコップを受け取り、中に入っていた水を口にした。

「ありがとう……いや、昨夜不法侵入した犯人なんだけど、たぶん、トロン子爵とヌーボ男爵の騎士団が手引きして僕の暗殺を目論《もくろ》んだんだと思うけど……」

そこまで言ってセリフの続きを濁すと、ティルが眉根を寄せる。

「証拠がない、ということですね？」

と、ティルは怒ったように答えた。静かに怒っているが、ティルがプリプリしてもあまり迫力がない。僕はその様子に苦笑しながら肩を竦《すく》める。

「いや、証拠は見つけられると思う。アルテが半端に開いた扉ごと吹き飛ばしたから、相手は怪我もしているだろうしね。鎧が大きく傷ついてたり、扉の形に跡が残ったりもしてるんじゃないかな？　ただ、問題は別のところにあって、トロン子爵とヌーボ男爵はとある侯爵の派閥に入っているんだ。つまり、二人の背後にはもっと大きな権力を持つ人物がいる」

それだけ言って顔を上げると、ティルはハッとした顔でこちらを見た。

「……まさか、フェルティオ侯爵様が？」

すぐに僕の予想に辿《たど》り着いたティルに、曖昧に頷いて苦笑する。ジャルパが暗殺まで考えたかは不明だが、盗む物も無い以上、僕の拠点に侵入する意図は他に考えられない。

最低でも陛下からの評価が高い僕を脅して何かしらのことをさせようとはした筈《はず》だ。ジャルパの狙いが僕なのであれば、最も良くて脅しや警告。次点が奴隷契約をすること。最悪は暗殺だろう。

我が父ながらえげつないほど貴族らしい行動である。とはいえ、目的を達成する為の手段や時期の見極めについては短慮に過ぎる。いくら武力で成り上がってきたジャルパであっても、これほど大雑把な行動には出ないだろう。

これは、もしかしたらトロンやヌーボの独断での犯行の可能性もある。それならば、ジャルパに恩を売る為、有用な力を持つ僕を奴隷にするつもりだった、というのが濃厚だろう。

「……よし。じゃあ、ディーを呼んで調査をお願いしようか。余計な事態にならないように、分かりやすく調査してもらおう」

そう言うと、ティルは目を瞬かせて首を傾げた。

「分かりやすくって、何故ですか？」

そんなティルの質問に浅く頷いて答える。

「下手に貴族を何人も引っ張り出すのは影響が大き過ぎるからね。こちらはしっかり調べようとしてますよーって周囲に見せて、黒幕が簡単に捕まらないようにしたいんだ。そうすれば陛下も僕の意図を理解して協力してくれるだろうし、陛下が動けば誰も僕に手出し出来なくなる」

簡単に説明すると、ティルは難しい顔で唸《うな》った。

「な、なるほど……でも、それじゃヴァン様を狙った悪い人もそのままですか？　確かに誰も怪我はしていませんが……」

納得出来ない、そんな口ぶりでティルが口ごもる。それに片手を振って否定し、微笑んだ。

「大丈夫。衛兵が盗賊を捕まえるみたいな分かりやすいことは出来ないけど、貴族らしく反撃するよ。誰にも、それこそフェルティオ侯爵にも文句が言えないやり方でね」


さっそく、ディーに頼んで各騎士団を調査する。そして、それとなく陛下やパナメラにも拠点を襲撃されたことを報告しておく。もちろん、二人は怒り心頭の様子だった。だが、今から戦争を行うというのに仲間割れも出来ないし、疑惑だけで貴族の私兵とも言える騎士団を一つずつチェックしていくわけにもいかない。

たとえ陛下であろうとも、士気に影響を与えないように各騎士団のトップである貴族達に注意を促すようにすることで精いっぱいだ。だが、陛下が不機嫌そうに「昨夜、ヴァン男爵の拠点が襲われるという事態が起きた」と告げるだけで、大いに抑止となるだろう。

行軍の間に再び襲ってくるようなことは起こりえない筈だ。

そんなこんなで更に二日間。僕は山道の舗装工事に従事した。

「ヴァン様！　山が低くなりましたよ！」

カムシンの言葉に首肯を返す。空を削り取るように高い山々が並んでいたのが、今ではすっかり大空を一望出来るほどになっている。それに、山道の奥は陽《ひ》が差し込んで明るくなり、道も広くなった。もうすぐ目的地に到着するのだろう。

そして、予想通り黒幕と思わしき貴族も全く動きを見せなくなり、平和に行軍が出来るようになった。良かった良かったと安心していると、周囲の偵察に出ていた冒険者達が戻ってきた。

「……ヴァン様、すみません。危ない思いをさせてしまって」

と、帰って早々に、オルトが謝罪する。拠点が襲われたと知ってから、オルト達がやたらと僕のことを気にしていた。まぁ、そもそも騎士団とオルト達が揉《も》めてしまったのにも理由がある。そんなに気にしなくて良いと伝えたのだが、それでも申し訳ないと謝罪されている状況だ。

「いやいや、本当に大丈夫だから。気にし過ぎだよ。それより、この魔獣がいっぱいいる山の中を冒険者の皆が警戒してくれるお陰で順調に進めたんだから、すごく助かっているくらいだよ」

そう答えると、オルトは深く頭を下げた。

「そう言ってもらえると助かります。それで、ようやく目的地が見えたと連絡が……」

「え!?　本当!?　それを早く教えてよー！」

オルトの報告に思わず大声を出す。早く目的地まで道を作って、さっさとセアト村に帰りたい。

その思いが伝わったのか、オルトは苦笑しながら大きく頷いた。

「はい。この調子なら半日もしない内に到着するでしょう」

「うわぁ、嬉しいな。すぐに到着出来るよう頑張ろう！　セアト村に帰ったらバーベキュー大会をしようかな」

「良いですね。楽しみです」

そんなやり取りをして笑い合う。とはいえ、オルト達は帰り道も警戒と護衛役を頼まれている筈だ。僕が帰ったタイミングでのバーベキュー大会には参加出来ないだろう。可哀想だから、オルト達が帰った時も思い切り豪華なバーベキュー大会を開いてあげよう。

そんなことを思いながら作業すること約三時間。ついに、その時はやってきた。

山が左右に分かれたかのように視界が広がり、かわりに小高い丘に向かう山道が続いている。

「あの丘の向こうはもうイェリネッタ王国です。すぐ目の前に要塞があったので、下手に丘を越えようとしたら危険です」

「え？　そうなの？　陛下はどうするつもりだったんだろう？」

そう尋ねると、馬車の後ろの方から騎士達が歩いてくるのが見えた。そして、王家の紋章が刻印された豪華な馬車の姿もある。

馬車がこちらに来る前に、皆がその場で地面に片膝を突いて頭を下げる。

「良い。面を上げよ」

そう言って、陛下が馬車から降りてきた。とはいえ、中々皆も顔を上げられないでいるが。

「この場に拠点を作る予定である。要塞の城壁よりは低いが、それなりに高い場所から弓矢を射ることが出来、丘を越えて戻れば負傷者の治療もやりやすい。ただ、丘を下った後、川を渡り、要塞を攻略しなくてはならんのでな。相当な時間を取られてしまうのは間違いない」

陛下は丘を指さしながらそんな説明をする。それに頷き、陛下と同じ方向を振り返った。

「なるほど。相手からすれば攻城兵器を使い辛《づら》くしてくれる丘が、こちらからすれば簡易的な壁代わりに使える、ということですね。しかし、距離にもよるとは思いますが、城壁よりも丘の方が低いなら弧を描くように弓矢を使われては危険なような……」

「もちろん、丸太によって矢を防ぐ為の壁は作る予定だ。まぁ、もしヴァン男爵が手を貸してくれたなら、予定していたものより遥《はる》かに強靭《きょうじん》な拠点に出来たのだろうが……戦争には参加させないという男爵との取り決めを忘れたわけではないぞ」

質問すると、陛下はそう答えてニヤリと笑った。含みのあるその笑みに、僕は乾いた笑い声を上げる。

「……あはは。まぁ、戦争前の準備まではお手伝いさせていただきます。簡単ではありますが、丘の上に砦《とりで》を作りますよ」

そう答えると、陛下は満足そうに頷いた。

「流石はヴァン男爵だ。相手が望むものを言われずとも用意してみせるとは」

「……お褒めいただき、光栄の極みでございます」

「わっはっは！　また随分と子供らしからぬ言葉を使いおって！」

上機嫌な陛下は僕のチクリにも満たぬ嫌味を物ともせず呵々《かか》大笑《たいしょう》したのだった。


さっさと帰りたかったのに、追加で仕事が出来てしまった。だが、自分より上位の爵位を持つ者が敵対しているのだから、陛下を味方につけないと困る。流石にパナメラやフェルディナットにお願いするのは申し訳ない。

そう思い、すぐさま砦の建設に取り掛かることにした。

「さぁ、取り掛かろうか。目標は夜までに完成だね」

「え？　夜までに、ですか？」

僕の言葉に、ティルとアルテが反応した。馬車を道の端に寄せて固定していたカムシンも、驚いた顔でこちらを振り返っている。そして、出来たばかりの道路で静かに戦う準備を行っている兵士達を見た。

馬車が二台並んで進めるかどうかの細い道路とはいえ、それを埋め尽くす騎士団達。その大人数が収容出来る砦など作れるだろうか。

皆、そう思っているに違いない。確かに、建造中に気付かれたら砦を建てている暇などなくなるだろう。それどころか、準備も出来ていないのに戦闘開始だ。あれだけ上々だった陛下の機嫌がジェットコースターのように急降下してしまうに違いない。

「とりあえず、考えている策はあるんだ。協力してくれるかな？」

笑いながらそう尋ねると、顔を見合わせていたアルテとティルが振り返り、すぐに首肯した。カムシンも後ろで「はい」と返事をしている。

「ありがとう。じゃあ、静かに行動を開始しようか。騎士団の皆に木を集めるように言ってくれる？　あと、オルトさん達に要塞の方で動きがないか監視をしてもらうように伝えて」

「分かりました」

「はい！」

指示をすると、カムシンとティルが返事をしてすぐに動き出す。そして、アルテは僕が作った椅子に座り、口を開いた。

「どんな策なのか、聞かせてもらえますか？」

期待したような目で聞いてくるアルテに、笑いながら頷く。

第五章 ★ 砦を建てよう

「おい、それはこっちに積んでおけ」

「違う、こっちだ」

「え？　これもですか？」

声を潜めながら、騎士団の男達《たち》がウッドブロックで出来た壁や床、天井を運んでいく。部品自体はそこまで多くはない為《ため》、意外とすぐに準備が出来た。丘の斜面にはこれでもかとウッドブロックによる建材が並んでいる。

「よし、準備が出来たね……それでは、陛下？」

確認の為に振り向いて尋ねると、陛下は腕を組んだまま頷《うなず》いた。その後ろには他の貴族達も並んでこちらを見ている。

「うむ。それでは、砦《とりで》の建設を始める。土の魔術師達よ、ヴァン男爵の指示の下、魔術を行使せよ！」

陛下の号令に合わせて、丘を見上げるように立つ僕の前に二十人ほどの土の魔術師達が隊列を作った。各騎士団から選抜された一流の魔術師達だ。

これは、なかなか迫力のある光景である。大体の者が魔術師らしいローブやマントを羽織っているが、それぞれ背中や四肢などにその騎士団の紋章が描かれている。イメージカラーでもあるのか、意外と魔術師の衣装の中にはカラフルなものもあり、中々面白い。

その魔術師の一団が、揃《そろ》って僕の方を見ている。

その視線を一つずつ見返してから、咳払《せきばら》いをして口を開いた。

「おほん。それでは、皆々様。準備はよろしいでしょうか。改めて言うこともないでしょうが、今回大事なのは皆さんが息を合わせることです。相手に邪魔されないように、一気に形を作ってしまいましょう。特に正面の壁を作る方は速さと正確さが求められます」

改めて砦づくりの要である魔術の使い方について伝える。魔術師達も半信半疑といった表情の者が多いが、僕の後ろには陛下を始めとした貴族の顔が並んでいる。それ故か、不承不承ながらも全員頷いて同意を示す。それに息を漏らすように笑いつつ、斜め後ろで待機していたディーを見上げた。

「それじゃ、ディー！　配置につこうか」

「はっ！　お任せくだされ！」

ディーの返事を聞きながら、丘の上に向かって歩き出す。ディーは素早く作ったばかりの巨大なタワーシールドを手に持ち、斜め前へ出てきた。

「ヴァン様……」

後方でティルの心配する声が聞こえた。僕も危ないことはしたくなかったが、今回ばかりは仕方ない。何よりも速度を優先するには僕が最前線に出るしかないのだ。

丘の上まで移動すると、視界が嘘《うそ》のように開けた。そして、急な下り坂と細い橋のかかった小川があり、奥には思った以上に大きく頑丈そうな要塞がある。黒い壁の四角い建物だ。見るだけで威圧感を感じる重厚さである。

城壁の上では見張りの兵士達がこちらに気が付き、何か騒いでいるように見える。ダラダラと時間を掛けてしまうと、こちらに無数の矢が降り注ぐことだろう。

ディーが盾を手に城壁を睨《にら》んでいるのを横目に、僕は背後を振り返った。

「魔術師の皆さん！　壁の展開をお願いします！」

大きな声で叫んだ瞬間、魔術師達が一斉に返事をした。


【イェリネッタ兵】

丘の上に変な二人組が現れた。その報告を受けて、見張りを担当していた第二騎士団は大慌てで城壁を登った。

「まさか、ウルフスブルグ山脈を抜けてきたのか？」

召集場所を聞いて、真っ先にその言葉が口から出た。周りの奴《やつ》らも同じことを思っていたのか、真剣な顔で頷く。

「うちの騎士団が帰ってきたわけじゃないんだろう？」

「ワイバーンは見当たらないらしいが、その二人はどうやって山を抜けてきたんだ？」

「凄腕《すごうで》の冒険者か？　しかし、それにしても二人ってのは……」

仲間達が口々にそんなことを言いながら城壁を登り、状況の確認に向かう。現場に辿《たど》り着くと、すでに騎士団の大半が揃っていた。城壁の上部は広く設計されており、兵士が三列に並んで弓を構えることが出来る幅になっている。そこが埋まるほど多くの兵士が状況確認の為に殺到していた。

「おいおい、隊列はどうした。持ち場も何も考えずに集まっていたら兵長にぶっ飛ばされるぞ」

思わず呆《あき》れてしまったが、結局自分もその集団の一人となる。前の兵士の頭と頭の間から外の景色を見ようと背伸びをした。

確かに、丘の上に二人の人影があった。大柄な男と子供の姿だ。鎧《よろい》こそ着ているが、どう見ても冒険者には見えない。かといって騎士団の斥候というわけでもないだろう。あんな子供がウルフスブルグ山脈を通過することなど出来ない筈《はず》だ。

だが、そうなるとあいつらは何者なのか。まるでゴーストでも見てしまったかのような気分になる。誰もが同じような不安を感じていたのか、大勢集まっているというのにしわぶき一つ聞こえない。

そこへ、金属を打ち合わせるような音を立てて走ってくる足音が聞こえてきた。

「貴様ら、何をぼんやり突っ立っている!?　怪しい輩《やから》が現れたというのに……！」

兜《かぶと》を脇に抱えたまま必死の形相で走ってくる第二騎士団の騎士団長、シュタイアが怒鳴る。腹に響くようなその怒声に皆の背筋が伸びた気がした。シュタイアは豊かに蓄えた髭《ひげ》を揺らしながら兜を被《かぶ》り、前列の兵士を掻《か》き分けて城壁の縁に立った。

そして、丘の上に立つ二人の人影を見て目を瞬かせる。だが、流石《さすが》は騎士団長と言うべきか。すぐに冷静さを取り戻し、丘の二人に向かって口を開いた。

「……貴殿らに問う！　ここはイェリネッタ王国最西端の重要拠点である！　何用で立ち寄ったのか、お聞かせ願いたい！」

良く通る声で問いただす。丘の上の二人はそれを聞いて顔を上げた。そして、子供の方が口を開く。

「えー、僕はスクーデリア王国のヴァン・ネイ・フェルティオ男爵です！　今日はちょっと砦を作りに……あ、名乗らない方が良かった？　これ、後で恨まれる流れ？」

まさかの貴族の当主だったらしい。その男爵を名乗る子供は、名乗った後に隣に立つ男を見上げて不安そうな顔をした。それに男が首を軽く左右に振って否定する。

「いえ、どうせすぐにヴァン様の名はイェリネッタに知れ渡りましょう。遅いか早いか、という違いですな」

男がそう言って笑うと、ヴァンと名乗った子供は肩を落として溜《た》め息《いき》を吐《つ》いた。

「仕方が無い……開き直ろう」

ヴァンは溜め息混じりにそれだけ言って、再度顔を上げる。敵国の巨大な要塞や大勢の騎士団を目の前にして、まったく臆した様子もない。なんなんだ、あの子供は。

正体を知ってなお、不安は増した気がした。

ヴァンはこちらの心情など気にした素振りも無く、口を開いた。

「えー、挨拶をやり直します！　僕はヴァン・ネイ・フェルティオ！　スクーデリア王国の男爵です！　今日は、丘の上に砦を作りに参りました！　作ったら帰ります！　すぐに帰ります！　何か質問がありましたら、後日スクーデリア王国のセアト村を訪ねてください！　それでは、建築を始めます！」

ヴァンがそう言った途端、地面に広がる震動が地鳴りとともに発生する。ざわざわと兵士達が混乱する中、重量のある岩を地面に落とすような音を立てて、巨大な壁が地面から突き立った。地鳴りが激しくなり、何が起きたか理解も出来ない間に丘の上には岩の壁が幾つも現れる。

「……っ！　土の魔術だ！　弓矢隊！　弧を描くように上空から矢を降らせろ！」

状況に気が付いたシュタイアがすぐさま指示を出し、弓矢隊はそれに即座に反応した。だが、誰の目から見ても普通の弓矢など効果はないだろうことは理解出来た。

なにせ、丘の上はそれなりに距離が離れている上、すでに巨大な土の壁が見上げるような高さで聳《そび》え立っているのだ。明らかに城壁の高さを超えてしまっている。

予想通り、上空に向けて飛ばした弓矢は壁を越えることが出来ず、弾《はじ》かれて地面に落下していた。

「くっ！　入念に準備してきたな……！　ならば黒色玉だ、黒色玉を用意しろ！　あれだけ大きな壁を作ったからには、こちらの動きなぞ見えていない！　すぐに破壊に行くぞ！」

シュタイアは怒鳴りながら指示を飛ばし、城壁を駆け下りていく。

「おお、団長が焦ってるぞ」

「そりゃそうだろ。よりによって自分が周囲警戒の任についている時に砦なんて建設されてるんだぞ。お相手さんが長期間守れるような砦が完成してしまったら、下手したら首が飛ぶぜ？」

「馬鹿言ってる場合か。あの距離で砦なんか建てられたら俺達だって危ないんだ。それこそ夜中に魔術が雨霰《あめあられ》のように飛んでくるぞ」

気が抜けるような会話を聞きながら、俺は城壁の上から様子を確認する。焦るのは分かるが、土の魔術ならせいぜい五分か十分もすれば崩れていくだろう。その間に壁を作っていたとしても、すぐに崩せるような簡単なものだ。

ならば、土の魔術が効果を失った時に素早く火の魔術か何かを放った方が良い気がするが。

そんなことを思いながら、城門から馬に乗って駆けていく騎兵達の姿を城壁の上から眺める。

「投げたら素早く反転しろ！　馬が驚くと制御が難しくなる！　気を付けろよ！」

騎兵隊の隊長が叫ぶ声がした。数秒後、丘の上で地響きを伴う爆発が連続して起きる。普通の城壁ならば必ず亀裂が入る。厚み次第では一撃で破壊することも可能だ。

それは土の魔術で出来た壁であっても同様である。

「一度距離をとれ！　二回目に備えろ！」

命令を発しながら騎兵達がこちらに戻ってくる。数は二十ほどか。機動力を重視したにしても数が少ない。恐らく、最も早く出られる者を集めて奇襲を行ったのだろう。

「隊長！　北側の一部が崩れています！」

「よし！　そこを集中的に狙え！　意識を散らす為にも二人は反対側に投擲《とうてき》しろ！」

「はっ！」

騎兵達は状況を確認してすぐに次の行動に移る。素早い判断と的確な攻撃だ。壁に穴が空けば、そこに黒色玉を投げ込んでしまえば勝利は確実と言える。

「どうなるかと思ったが、これなら安心だな」

近くでそんな声がした。別にこちらに掛けられた声ではなかったが、何となくそれに頷いて戦況を見守る。

しかし、予想外の事態が起きた。

「ディー！　守って！」

「承知！」

そんな声が聞こえたと思ったら、土の魔術で出来た壁が徐々に形を変えていくではないか。まさか、あの子供がこれだけの土の魔術を行使しているのか？　しかし、それにしても一度発動した後の魔術を後から修復など可能なのだろうか。

驚きながらその光景を見ていると、城壁の上に別の一団が現れた。黒いローブにミスリルの盾。ようやく、我が要塞の最高戦力がお出ましである。

「魔術師隊！　あの壁を粉砕せよ！」

「はっ！　それぞれ攻城に適した魔術を使用しろ！　同時ではなく、順番に発動する！　詠唱開始！」

いつの間にか第一騎士団の騎士団長であるヘレニックも来ていたようだ。ヘレニックは魔術師隊に号令を発し、魔術師隊の隊長が更に細かく部下に指示を出している。

魔術師達が一斉に詠唱を開始するその間にも、地上では騎兵達が再度敵の魔術を打ち破ろうと駆け出していた。これは、最高のタイミングだ。

「投げろ！」

その声と同時に騎兵達が黒色玉を投擲し、素早く反転。こちらに戻ってくる騎兵達の後方で、激しい爆発音が連続して空気を震わせた。今度は集中して一か所を狙ったのか、壁の中心に大きな亀裂が入った。そこへ、ヘレニックが口を開く。

「今だ！　あそこを狙え！」

声を上げた次の瞬間、魔術師隊は次々に魔術を放っていった。炎、石、氷、風などの魔術が怒濤《どとう》の勢いで打ち込まれていく。その恐ろしい光景に、味方の攻撃ながら戦慄が走る。

「う、お……」

「なんて魔術だ……！」

「……あんなものを食らったら、跡形も残らんぞ」

一般の歩兵達は目の前で起きている魔術の嵐を見て、もしそれが自分達に向いたらと思って震え上がっている。戦場に出たことのある兵士は皆同じ気持ちだろう。あの黒色玉も恐ろしいとは思うが、やはり魔術への恐怖感はそれ以上である。隊列や装備次第ではあの中の一つがこちらに飛んでくるだけで死ぬこともあり得るのだ。

背筋が寒くなる思いをしながら、土埃《つちぼこり》が舞う丘の上を眺める。あまりにも多くの魔術を連続して行使したせいで、なかなか視界は晴れなかった。

だが、徐々に土埃が収まっていくと、城壁のいたるところから驚きの声が上がった。かく言う自分もその一人であり、驚愕《きょうがく》して目の前の光景を見ていた。

視界が開けたと同時に、丘の上に巨大な砦が出現していたのだ。中心と左右に塔と櫓《やぐら》らしき部分まである。建てられる範囲が狭いから流石にこちらの要塞ほど大きくはないが、それでもかなりの大きさだ。

「……今の魔術の集中攻撃を食らいながら、どうやってあんなものを……」

思わず、そんな言葉が口から出る。何の魔術か分からないが、あれだけの衝撃を受ければ普通はどんな城壁でも崩れてしまうだろう。だが、それで突破出来ないとなると、対処法は物量による占領か、補給を絶っての兵糧攻めなどしかない。

「これは長期戦になるぞ」

俺がそう呟《つぶや》くと、まるでそれを合図にしたかのように騎兵達が要塞へと戻ってきた。門が開き、騎兵達が素早く要塞内に入る。

「くそ！　なんなのだ、あの砦は!?　どうやってこんな短時間で……！」

シュタイアが怒鳴りながら城壁を上がってくる。怒りつつも焦燥感が隠せず顔に滲《にじ》んでいた。そこへ魔術師隊を指揮していたヘレニックが歩いていく。

「シュタイア団長！　何故《なぜ》あんなものが出来ている!?　何故、建設を阻止出来なかった!?」

ヘレニックがそう怒鳴ると、シュタイアは苦虫を噛《か》み潰したような顔で唸《うな》る。

「貴公も見ていたでしょう、ヘレニック団長!?　つい先ほど二人組が現れ、砦建設を宣言した！　そして、気が付けばあの有様です！　誰があの建設を止められると言うのですか!?」

シュタイアがそう怒鳴り返すとヘレニックも流石に何も言えず押し黙った。

そこへ、ダメ押しのように砦からあの子供の声が聞こえた。

「試し射《う》ちするよー！　あ、イェリネッタの人達も気を付けてー！　良いかな？　よし、行きまーす！」

その声に何事かと皆が振り向く。またもいつの間に出来上がったのか。砦の上には大型の兵器のようなものが二つも設置されていた。

「……おいおい、あれは何だ？　嫌な予感がするぞ……」

俺はそう呟き、腰を落として姿勢を低くする。もしあれが投石器のようなものなのであれば、城壁の上とて安全ではない。

そう思って身構えていたのだが、現実はもっと残酷だった。空気を震わせて腹に響く轟音《ごうおん》が鳴ったと思った瞬間、地震のような揺れが城壁を揺らした。あの大型のなにかが効果を発揮したに違いない。だが、何が起きたのかは分からない。

「……なんだ？　不発か？」

そう呟いた瞬間、城壁の下から悲鳴のような声が響き渡った。

「や、槍《やり》が城壁を貫通！　人には当たっていませんが、櫓の柱部分が破断！　倒壊するかもしれません！」

「なんだと!?」

要塞内からの報告に場は騒然となる。これから長期間の籠城戦となると思った矢先にこれだ。まさか、砦に籠ったままでこちらを攻撃出来るというのか。

「くそ、どうなっている!?」

混乱するヘレニックの叫び声が虚《むな》しく響く中、丘の上に出来た砦からは再度空気を震わせる轟音が鳴り響いたのだった。

時は少し遡り。

「……一応聞いておくけど、一斉に弓矢を射られても大丈夫？」

「当たり前です。なんの問題もありませんぞ！」

再三の確認を行うと、ディーは輝くような笑顔で返事をした。敵の本拠地目前にたった二人で立つというのに何がそんなに楽しいのか。ディーは足取りも軽く大きな盾を持って斜め前を歩いている。

その様子を呆れながら眺めつつ、恐る恐る丘の上に上がっていった。

視界が一気に広がり、美しい大空とそれに不似合いな物々しい要塞の姿がある。全体的に黒っぽい色合いが周囲に威圧感を与えていた。

「うわ、思ったより大きいね。小さな町くらいはありそうだよ。それに城壁もごっついねー。あれは普通に攻め込もうと思ったら魔術師にお願いするしかないんじゃない？」

見るからに堅牢《けんろう》そうな要塞の姿に感心してしまう。ディーもそれに頷き、膝を曲げて腰を下ろし、地面を片手で叩《たた》いた。

「そうですな……それに、この丘が問題です。魔術師は丘の上に行って詠唱しなければなりませんが、こちらより少し高い城壁からなら弓矢も問題なく届くでしょう。簡単に魔術を用いることが出来ない地形となっていますな。しかし、大量の兵を送り込んで城門破りをしようにも、この傾斜のある山道と要塞目前にある細い川が最悪です。籠城されてしまったら兵糧攻め以外では落とせないかもしれませんな」

と、ディーはいつになく真面目な調子で解説をした。攻める側として厳しく状況を見ているのだろう。まぁ、僕は攻めるつもりどころか長居するつもりもないが。

「さて……それじゃあ、始めようか。準備は大丈夫かな？」

緊張感を誤魔化す為に笑いつつ、丘の下を振り返った。セアト村騎士団の皆や冒険者達、そして魔術師の人達も僕を見ている。

「……良いみたいだね。よし、やるよ」

深呼吸を一つして、そう言った。

丘の頂上へ上がると、城壁の上に立つ兵士の一人がこちらに気が付いたのが見えた。ディーは油断なく盾を持って構えている。それを横目に、魔術師達に合図を送る。

「詠唱開始から一分か二分くらいだったかな？」

「そうですな。ただ、魔術の規模が少し大きいので、もしかしたら三分はかかるかもしれませんぞ」

二人でそんな会話をしていると、いつの間にか要塞の城壁上には多数の兵士が集結していた。中には弓を持っている兵士も見受けられる。

「おお、もう集まってきたよ。優秀だなぁ」

そう言うと、ディーは鼻で笑って城壁を指さす。

「あれでは単なる物見遊山ですな。高い練度で鍛えられた精鋭ならたとえ一万の兵が攻めてきても対応出来るように準備をします。私が鍛えた騎士団であれば全員が弓矢を構えて待機し、号令がくれば即座に発射出来るようにしているでしょう」

「おお、それは凄《すご》い。なるほど。そう思って見ると、確かに今突撃したら楽に城門まで辿り着きそうだね」

ディーの言葉に頷いて答える。そんなやり取りをしていると、城壁の上に集まった兵士の中から位の高そうなおじさんが顔を出し、こちらを見ながら口を開いた。

「……貴殿らに問う！　ここはイェリネッタ王国最西端の重要拠点である！　何用で立ち寄ったのか、お聞かせ願いたい！」

と、おじさんは僕達の正体を尋ねてきた。

「おお、良く通る声だね」

「指揮官でしょうな。広い戦場で指揮をするにはあれぐらいの声量は必要ですから」

「声が大きいのも大事なんだねぇ……あ、返事しないと」

余計な雑談をして気を紛らわせている場合ではない。僕は慌ててディーとの会話を止《や》めて大きな声を出した。

「えー、僕はスクーデリア王国のヴァン・ネイ・フェルティオ男爵です！　今日はちょっと砦を作りに……あ、名乗らない方が良かった？　これ、後で恨まれる流れ？」

思わず正直に名乗り過ぎた。そう思った僕はディーの顔を見ながらそう尋ねる。

「いえ、どうせすぐにヴァン様の名はイェリネッタに知れ渡りましょう。遅いか早いか、という違いですな」

不安になって聞いたのに、ディーは笑いながらそんな冗談を口にした。それに溜め息を吐き、頭を切り替える。

「仕方が無い……開き直ろう」

そう呟いてから、もう一度城壁の上を見上げた。おじさんが困惑したような表情でこちらを見ている。

軽く咳払いをして、思い切り息を吸った。

「えー、挨拶をやり直します！　僕はヴァン・ネイ・フェルティオ！　スクーデリア王国の男爵です！　今日は、丘の上に砦を作りに参りました！　作ったら帰ります！　すぐに帰ります！　何か質問がありましたら、後日スクーデリア王国のセアト村を訪ねてください！　それでは、建築を始めます！」

僕がそう言った直後、タイミング良く後方から土の魔術の発動を告げる声が聞こえた。

「魔術を行使します！」

その言葉に振り向いて頷くと、一秒にも満たぬ時間で僕の前に巨大な壁が出現する。大勢の魔術師による一斉発動である。壁は瞬く間に前方を覆いつくすほどの勢いで聳え立った。

「おお、これは便利だ。今後は我がセアト村にも魔術師隊を作りたいね」

「ええ、四元素魔術師が何人かいれば、戦略の幅はとても大きく広がります。必要な戦力でしょう」

高い壁が次々に出来上がっていくのを眺めながらそんな会話をして、手を伸ばす。

「よし、それじゃあ次は冒険者と騎士団の皆の出番だね……よろしくお願いしまーす！」

背後を振り返り、セアト村騎士団と冒険者達に合図を送った。

「了解です！」

「分かりました！」

オルトとアーブがそれぞれ返事をし、一斉に行動を開始する。それぞれが決められた建材を持ち、一気に丘を駆け上がってきた。カムシンやロウもそれぞれ決められた持ち場で作業を開始する。

「先に左右の一階部分を作るぞ！」

「こっちは砦中心部を作れ！」

指揮を任された者達が我先にと建材を組んでいき、形を作っていく。ぶっつけ本番のわりに皆なかなか良い動きだ。連携もしっかりとれている。

「よし、僕もやるぞー」

皆の働きを頼もしいと感じつつ、こちらも働くぞと気を引き締める。

「まずは中心からかな」

そう言って、城壁用に作ってもらった土の魔術の壁に手を添えた。

「固まれー、固まれー」

魔力を込めながら、城壁が強く固まるように念じる。イメージはコンクリートの頑丈な壁だが、サイズが大きい分だけ時間が掛かりそうだ。壁を通り越して弓矢が降り注ぐことを考えたら、動ける人に建材を運んでもらってその場で組み立ててもらうのは非常に良い作戦だった。

誰がその作戦を考えたのか。

もちろん、天才少年のヴァン君である。流石はヴァン君。超天才。

心の中で自画自賛をして気分良く働く僕。この調子なら砦なんてあっという間だぞ。

そう思っていた矢先、突然壁の向こうから耳をつんざくような轟音が響き渡った。土の壁に手を添えていたのだが、激しい振動が腕から伝わってきて尻もちをつきそうになる。

「黒色玉か……って、穴が空いてる!?」

衝撃の原因が何か考えながら頭を左右に振っていると、視界の端に違和感を感じて勢いよくそちらを振り向いた。

壁の一部は見事に破壊されており、敵の侵入を許してしまうような入り口となってしまっている。

「これはヤバい！」

あの穴から黒色玉を投げ込まれたらと思い、背筋に冷たいものが流れた。

「ディー！　守って！」

「承知！」

名を呼ぶと、ディーは盾を構え直し素早く僕の前に出て穴の正面に立った。その隣で壁に手を押し当てて魔力を込めていく。急がないと、流石に黒色玉の直撃はディーでも危ない。

他の部分の補強は全て無視して補修を行う。普通なら一度壊れた壁は補修程度では強度が戻ることはない。それを考慮した場合、相手はまた同じ場所を狙う筈だ。

「早く帰りたいね、ほんとに」

まったく、なんでこんなことになったのやら。そんな文句を言いつつ、僕は砦建設を急いだのだった。


「急げ！　高さよりも頑丈さだぞ！」

「上からの攻撃に気をつけろ！　壁を越えてくるかもしれんぞ！」

大声でそんな指示や注意が飛び交うのを聞きながら、僕は砦作製に意識を集中させる。予定通り、建材を準備しておいたお陰で砦の建築が数倍早くなった。

ただ、大量の建材がある為、間違いがちらほら見受けられる。

「あ、そっちのは床だよー！　そこに敷いておいて！」

「へい！」

「あ、それは一番外側の壁用だよー！」

「了解です！」

ちょこちょこと間違いを指摘しつつ、急いで仮組された建材を接合していく。土の魔術で出来た壁はきちんと修復したので、次は砦としての機能をきちんと作っていこう。

そう思った矢先、壁の向こう側で馬の足音が聞こえてきた。そして、次の瞬間、土の魔術で出来た壁に次々と衝撃と爆発音が鳴り響く。

「うわ、また黒色玉!?　どれだけ在庫があるの!?　そろそろ売り切れでしょ、普通！」

壁越しとはいえ、何度も聞きたくない爆発音だ。耳が痛いしお腹《なか》に響く音の振動は否《いや》が応《おう》でも恐怖心を植え付けられる。何度も近くで爆発音を聞かされた僕は短気を起こしながら一人で文句を言った。

火薬というものがなんなのか理解している者ですらこうなのだから、仕組みもしらない騎士団の皆は相当の恐怖を感じているだろう。

たとえ魔術のある世界とはいえ、火薬は今後重要な兵器となっていく筈だ。なんとかして、セアト村でも作れないものだろうか。

そんなことを考えながら砦を作っていると、今度は先ほどの爆発とは別の衝撃と音が壁を揺らした。狙い通り、一度壊れた箇所に集中的に攻撃を加えているようだ。

「はっはっは。甘い！　甘いぞ、イェリネッタ王国軍よ！　ちなみに僕は甘いクリームパンが食べたい！　無かったらシュークリームをください！」

耳が痛くなって声や音が遠くなり、自分でもよく分からないテンションのまま意味不明な言葉を叫ぶ。これが戦争での極限状態というものだろうか。まともに戦ってもいないのでそう呼んで良いのかは疑問だが。

間の抜けたことを考えつつ、一気に砦の完成を目指した。すでに二階部分までは完成しているので、残りは三階や四階にあたる塔の建設だ。

「ディー！　二階に上がるよ！」

「承知！」

声を掛けると、ディーが笑顔で答える。そして、オルトやアーブ、ロウ、カムシンも素早く材料を持って走り出す。

「ウッドブロックを持って走れ！」

「時間が勝負だ！」

階段を登っていると、材料を持っている人達の方が先に上に上がっていく。いやいや、これでも僕もディーに鍛えられている方なんだけど、なんでそんなに体力があるのかな？

不思議に思いながら屋上部分に上がると、急に視界が失われた。まるで砂嵐の中にでも入ってしまったかのような状況に、思わず身構えて辺りを窺《うかが》う。

「これは、魔術や黒色玉によって粉塵《ふんじん》が舞っているようですな」

僕の前に立ち、ディーが盾を構えてそう言った。その間にも断続的に壁に衝撃が走っている。爆発音ではない為、恐らく魔術による攻撃だろう。

「視界が悪いね。相手の動きが見えないから、急いで形だけでも作ろうか」

ディーの背中を見てホッとしながらそう口にした直後、ディーの体が揺れた。

「ぬぅん……っ！」

腰を落として踏ん張るディー。体がこちらへズレる。どうやら何かの魔術を盾で防いだらしい。

「ディー!?」

「わっはっはっは！　問題ありませんぞ！」

驚いて名を呼ぶが、本人はいたって元気だった。軽く肩を回して、改めて盾を構えなおしている。

足元を見ると拳大ほどの岩の破片がゴロゴロ転がっていた。どうやら大きな岩が飛んできて、それを盾で破壊したらしい。恐ろしい男だ。

改めてディーの異常さを再確認しつつ、砦を作り上げていく。中央と左右の塔はそれぞれ細い窓を付けて、そこから弓矢を構えることが出来るように工夫した。

「ヴァン様！　視界が晴れます！」

ディーから右側の塔が出来上がったタイミングで、報告を受ける。

「ギリギリだったね」

苦笑しつつ、素早く屋上部分に凹凸のある壁を作り上げる。これで、砦の正面部分は完成だ。

「……これは凄いことですぞ」

砦の中に戻ろうとすると、ディーが塔の部分を見上げながら呟いた。

「何の話？」

振り向いて聞き返すと、ディーはハッとしたような顔になってこちらを振り向く。

「いや、この砦のことです。僅かな間に、これだけの砦が築ける……これは、戦争を大きく変えるほどの出来事でしょう。惜しむらくは、これを出来る人物がヴァン様だけであることですな」

そう口にして、ディーは腰に手を当てて笑った。

「いやいや、まだ仕事は終わっていないからね。感想は後にして、急いで防衛用の設備を作るよ！」

「おお、あのバリスタですかな？　それは良い。この距離なら相手はたまらんでしょうな」

この上なく機嫌が良さそうなディーとそんな会話をしながら、僕は大慌てで砦の屋上部分にバリスタの設置を行った。連射式バリスタを二つだけだが、まぁ十分だろう。

「盾があるし、大丈夫だよね……ん？　お相手さん、言い合いしてる？」

バリスタの動作をチェックしようと思って要塞の方向を見たが、城壁の上で何やら偉い人風の騎士が二人、向き合って口論をしているように見えた。

こんな時に何をしているのか。そう思って首を傾《かし》げていると、ディーが隣で肩を揺すって笑う。

「あれはこちらの目的が砦の建設だけだと思い込んでいるのでしょうな。まぁ、まさか砦の内部までしっかり出来ているとは思っていないでしょうが、それにしても能天気な指揮官もいたものです。今は責任の押し付け合いなどしている場合ではないだろうに」

最後は呆れたような顔になってディーが相手の指揮官を辛辣に評した。苦笑しながら首肯を返して、要塞の方に向き直る。

「楽しそうだから申し訳ないけど、こっちもさっさと試験運用を終えて帰りたいからね。バリスタの試験に移ろうか」

そう口にした瞬間、砦の上にセアト村騎士団と冒険者達が揃って上がってきた。

「ヴァン様！　完成ですか？」

カムシンが一番にそう聞いてきた。頷き返して、バリスタを指さす。

「バリスタを試し射ちするから、準備をお願い」

「はい！」

「機械弓部隊にお任せください！」

出番が来たとばかりにヴァン君の超最強機械弓部隊のボーラが前に出た。流石にセアト村騎士団はバリスタに馴《な》れている。素早く準備を完了し、こちらを振り向く。

「準備完了しました！」

ボーラの返事に、僕は頷いてから要塞の方向を見た。

「試し射ちするよー！　あ、イェリネッタの人達も気を付けてー！　良いかな？　よし、行きまーす！」

第六章 ✿ 砦が出来たから帰っても良い？

「……なんということか」

砦《とりで》の上まで上がってきて、陛下がそう呟《つぶや》いた。砦の中心にある塔を見上げつつ、呆《あき》れたような顔で口を開く。

「下で見ていたが、これだけの砦を魔術による集中攻撃を受けながら建てるとは……これが敵であったなら恐ろしい事態であったな。なにしろ、砦には男爵の作ったバリスタまで設置されているのだ。脅威という他ないな？」

含みのある言い方をして、陛下は後方を振り返った。すると、真っ先にフェルディナット伯爵が深く頷《うなず》いた。

「はい、陛下。ヴァン男爵が味方で良かったと心より思っております。この砦のお陰で死ぬ筈《はず》だった兵士の数は激減することでしょう」

フェルディナットの言葉に、ベンチュリーとパナメラも頷いている。そして、ジャルパや一部の貴族は面白くなさそうに僅かに顎を引くのみだった。

その様子を横目に見ながら、僕は陛下に向き直る。

「それでは、陛下。僕はこれで……」

曖昧に別れの言葉を告げて戦場を去ろうとした。しかし、陛下は笑顔で片手の手のひらをこちらに見せる。

「まぁ待て、ヴァン男爵。そう急ぐこともあるまい。なにしろ、今から出てもすぐに山中で夜となろう。ならば、騎士団の守りがあるこの砦で休んで翌日帰れば良かろう」

「……いえ、今からまさに戦闘が始まると思いますので……」

戦いに交ぜられたらたまらない。思わず陛下の提案を拒絶した。流石《さすが》に無礼だったかと思ったが、戦争には出たくないので仕方がない。

片手を挙げて会釈をしながら遠慮がちにお断りさせてもらう。しかし、陛下は全く意に介していない。

「安心せよ。誰も戦争に参加しろとは言っておらん。まぁ、もし良かったらだが、砦の後ろにもう少し建物を作ってくれると嬉《うれ》しいが……」

「……承知いたしました。陛下の恩情に感謝いたします。それでは、さっそく砦を出て作業を行います」

陛下から命令ではなく、お願いをされてしまった。他の貴族も見ているこの状況下で、流石にそれを断るのは気が引ける。大人しく頭を下げて従う他ないだろう。陛下は大喜びで「流石はヴァン男爵だ！　王国のことを一番に考えておるな！」などと言っている。

仕方なく……もう本当に仕方なく従おう。ただし、砦の拡張工事は好きにさせてもらう。僕の夏休みの工作は砦の建築である。

ディーやカムシン、セアト村騎士団と冒険者達《たち》を引きつれて砦の下に着くと、まるで狙ったかのように砦の向こう側で激しい爆発音が鳴り響き、衝撃が地面を伝ってきた。

どうやら、本格的に戦いが始まったらしい。とりあえず、砦にバリスタは設置しているが、あの要塞の規模だとそう簡単に決着はつかないだろう。相手にも魔術師はいるだろうし、バリスタを破壊される可能性もある。

まぁ、相当な実力の魔術師でないと僕のバリスタは壊せないけどね。

密《ひそ》かに自画自賛しながら、砦の裏側周りを確認する。僕が作った街道と、木々が並ぶ山の斜面。あまり広くは作れないが、それも工夫次第か。

どんな建物を建てようかな。

そんなことを考えていると、僕の馬車からティルとアルテが出てきた。

「ヴァン様！　ご無事で良かった！」

ティルがホッとしたような顔でそう言い、アルテが微笑《ほほえ》みながら口を開く。

「ティルさんがとても心配していました」

アルテがそんなことを言い、ティルが涙目で何度も頷いた。それに笑いながら頷き、アルテを見る。

「アルテはあんまり心配じゃなかった？」

悪戯心《いたずらごころ》で尋ねると、アルテは目を瞬かせ、すぐに頬を赤く染めて俯《うつむ》きがちに口を開いた。

「わ、私も心配でした。でも、ヴァン様の魔術を知っていますから、必ず大丈夫と……」

少し早口でそう言われて、苦笑しながら頷く。

「ディーのお陰かな。それにカムシンやセアト村騎士団。オルトさん達もすごく働いてくれたからね。順調に築城出来たから最高の結果を出せたんだ」

答えつつ、周りの状況を確認して再度口を開く。

「それじゃ、ちょっと砦の裏側を増築するよ。皆は……流石に一回休憩を挟もうか？」

ウッドブロックを抱えて階段を上り下りした騎士団や冒険者の皆を見て、流石に連続での作業は無理かと思い直した。ブラック企業も真っ青な重労働を強いているのだ。僕なら文句を言ってシエスタの権利を主張するだろう。

しかし、カムシンはウッドブロックを両手に持ったまま、力強い目つきで首を左右に振った。

「ヴァン様が働くのに休んでいられません」

「いやいや、皆疲れてるかもしれないから……ねぇ、皆？」

誰にともなくそう言ってオルト達を振り向くと、すでに冒険者達は両肩にウッドブロックを担いで立っていた。

「何か言いました？　あ、ウッドブロック、どこに置けば良いですか？」

「何でもやりますぜ！　なんで、宿二軒目を建てる時はお願いしますさぁ！」

オルトとクサラが不敵な笑みを浮かべてウッドブロックを掲げてみせる。このやる気には下心がありそうだが、今回はとても良く働いてくれているので許してやろう。欲しいと言うならミスリルの武器くらいは作ってやらないでもない。

と、そんなことを思っていると、セアト村騎士団の超最強機械弓部隊のボーラもウッドブロックを抱えてこちらを見た。

「ヴァン様、騎士団もお手伝いをさせていただきます！　何でも言ってください！」

「おお、皆……そんなに社畜根性に溢《あふ》れて……これでどんなブラック企業で働いても生きていけるね」

皆の献身的な台詞《せりふ》に嬉しさ半分、照れ半分で冗談を口にする。そして、皆の目を見返して浅く顎を引いた。

「それじゃあ、改めて……皆！　砦の増築工事！　よろしく！」

「なんということでしょう。あのちょっと素敵な砦が、ヴァン君の力で物凄《ものすご》く素敵な砦に……！」

「え？　なんですか、ヴァン様？」

僕の冗談に、真顔でカムシンが返事をした。一番恥ずかしい攻撃である。僕は曖昧に頷いて視線を逸《そ》らした。

「砦が完成したな、と思って……」

誤魔化しの為《ため》にそう口にすると、カムシンは目を輝かせて頷く。

「はい！　すごい砦ですよね！　流石はヴァン様です！」

そう答えてカムシンは顔を上げる。出来たばかりの砦は、ちょっと想定より大きく作り過ぎてしまった。人数が多いから部屋を大きめに作った結果である。だが、後悔はしていない。なにせ、これまでで一番面白い建築物となったのだから。

僕は満足感たっぷりに自ら作った砦を見上げる。

まず、狭い街道と左右にある山の斜面だ。これをどうにかしないと大きな建物など建てられない。なので、一階は街道と同じ幅で作り、二階は少し幅を広げた。最初に作った砦と繋《つな》がっているのは二階部分だけにしておき、内部に入られた時に一か所守りやすい場所を作っておく。重要なテロ対策である。

そして、二階から順番に幅を広くしていく。結果、街道の上に傘のように広がった二階、三階、四階部分が出現することになった。いや、山の傾斜を上がる方向に出っ張った三階、四階部分は傾斜に乗っかる形にはなっているが、とても前衛的なデザインの建物となっている。

街道の形に沿って長く建てることが出来たのも良い味となった。もっと高層ビル的な雰囲気で作れたら更にオシャレだったのだが、材料がウッドブロックばかりだから仕方が無い。

一階は広間としても通路としても使える空間が冗談みたいに長く続き、幾つか部屋として区切っている。入口と真ん中、奥に階段があり、二階に上がることが出来るようになっている。二階には休憩や食事用の部屋、浴場などがあり、三階には宿泊施設がある。四階は王侯貴族専用の個室や会議室、重要な物資の倉庫がある。

「これでそれなりの人数が休めるね。あ、そういえば、今日は砦に泊まっていけと言われたから、悪いけど皆も砦に一泊してから帰ろうか」

そう言って振り返ると、ホッとしたような声で返事があった。アルテとティルである。

「そうですか……もう夕方に差し掛かっていたので、ここに泊まる方が安心ですね」

「戦いが行われている場所に残るのは不安ですが、ヴァン様が作った砦なら大丈夫ですね。私達は三階でしょうか?」

そんなことを言う二人に片手を振り、疑問を否定した。

「いやいや、他の騎士団と一緒に寝泊まりするのは危ないよ。前に襲われたことがあったでしょ? だから、僕達用の拠点を少し離して作るよ」

「え? 今からですか?」

「うん。一時間で作ってみせるから安心して」

僕の言葉にティルが思わず目を丸くして聞き返してきたので、安心出来るように腕まくりをしながら返答した。この頼りになりそうな、徐々に太くなりつつある上腕二頭筋を見よ。九歳にしてはマッチョだと自負している。

まぁ、ティルのお菓子が美味《おい》し過ぎて少しお腹《なか》が出ているが、それはチャームポイントであろう。

「さて、それじゃあ、もうひと頑張りだね」


【パナメラ】

「炎槍《ファイアジャベリン》」

魔術を行使して、またイェリネッタ王国の要塞の壁の一部を破壊する。すでに多くの魔術師が魔術による攻撃を行っているが、流石に重要な拠点を守るだけはある。相手もこちらの多くの魔術を防いでみせ、更に攻撃までしてきている。

「くっ……魔力が切れかかってきたか」

そう言って一歩二歩下がると、ベンチュリー伯爵が私の肩を叩《たた》いて交代するように前に出た。

「下がって休むが良い」

「……承知しました」

ベンチュリーの言葉に返事をして、戦場に背を向ける。背中越しに戦いの音を聞きながら、小さく舌打ちをする。

「……功を焦り過ぎたか。まさか、歴戦の魔術師がこれだけ揃《そろ》って半日以上掛かっても破れないとはな。少々侮っていたようだ。だが、こちらの砦の方が頑強なのだから、夜襲に注意を払っておけば攻略は時間の問題で……ん？」

一旦、戦場を離れて頭を冷やそうと思って階段を降り、二階に着いてすぐ違和感を覚えて立ち止まった。砦の中はこんな感じだっただろうか。つい先ほど通った場所なのに、自分の記憶とは異なる景色に戸惑ってしまう。

「……扉は、なかった筈だ」

戦いの最中で興奮状態にあるのは自覚しているが、流石にそんな勘違いはしないだろう。そう思いながら、両開き扉を両手で押し開く。

扉が開いたと思ったら、冗談みたいに長い廊下が目の前に広がっていた。

「……な、なんだ？　どうなっている？」

誰にともなくそう尋ねたが、答える者はいない。私の騎士団には砦の三階で他の騎士団の補佐を命じていた為、近くには部下が一人もいないのだ。

二人から三人が並んで歩ける程度の廊下には、左右に扉が等間隔に並んでいた。どうやら、複数の部屋が延々と続いているらしい。廊下が徐々に右側へ曲がっていくように作られているのは、街道に沿って作ってあるからだろう。

そこまで考えて、この景色を作り出したであろう人物の顔が頭の中に浮かんだ。

「……また変なものを作って……」

溜《た》め息《いき》混じりにそう呟き、腰に手を当てて頭を左右に振る。

「面白い……捜して直接文句を言ってやろう」

恐らく、ヴァンのことだから実用性も兼ね備えた建物にしているだろう。だが、驚かされた身としては文句の一つも言ってやらねばならない。それに、早めにヴァンを見つけて陛下に案内人を付けさせなければ、文句の一つや二つでは済まない可能性もある。

「それにしても、出来上がった代物は恐ろしいものばかりだが、発想は子供らしいな」

長く続く廊下を歩きながら独りごとを呟いて笑う。山道に沿って長い建物を作ってみたかったのだろうか。面白い発想だが、実際にそれを戦場で実践する人物はいないだろう。

大きな城の廊下でもこれほど長いものなど見たことがない。それに道に沿ってゆっくりと弧を描くように曲がっているのも面白い。

途中には上下に向かう階段があった。一度は階段を素通りしたが、二度目は気になって上の階に行ってみることにする。階段を上がると、また廊下が続いていた。手前の扉を開けるとそこには随分と広い部屋がある。これは、途中の拠点で見た兵士用の休憩室と同様のものか。だが、あれよりもかなり広く、相当な数の部屋数がある。

四階は個室が並んでいるようだが、家具や寝具は無かった。

「流石にそこまでは準備出来ないか。いや、これだけでも十分過ぎるくらいだ」

私も感覚がだいぶ麻痺《まひ》してしまったようだな。そんなことを思いながら笑い、部屋を出て階段を下りる。どうも人の気配がしない。まだ砦に入りきれない騎士団が多くいる筈だが、指示が無いから入ることが出来ないでいるのだろうか。

一階に降りて、一際大きな両開き扉を開けて外へと出る。

そして、目の前に広がる光景に目を丸くしたのだった。

砦の方からパナメラが歩いてきたのが見えて、片手を振りながら口を開く。

「パナメラさん」

名を呼ぶと、パナメラはこちらに一直線に歩いてきて、力強く僕の肩に手を置いた。ちょっと痛い。

「少年……これはなんだ？」

「え？」

パナメラの突然の質問に、思わず首を傾《かし》げて生返事をした。それが気に入らなかったのか、パナメラは真顔で斜め上を指さす。

「これだ。この建物はなんだ？」

そう言われて、今しがた建てたばかりの建築物を見上げる。街道の部分を開けて左右に建物を作り、アーチを描きながら空中で一体化した建物。鳥居のような形状の建物だが、豪華絢爛《ごうかけんらん》な装飾と、上部に向かって広がる独特な屋根が芸術的な美しさとなっている。

「えっと、陽明門……じゃなくて、城門の一種ですね。今日の仕事はこれで最後だと思って張り切ってしまいましたが、高さは四十メートルくらいに抑えました。その分、外装をしっかり拘《こだわ》って……」

「ちょ、ちょっと待て。頭が追い付かん……城門？　何故《なぜ》これを建てたんだ？」

珍しく困惑するパナメラが質問をしてくる。いや、一切なにも考えていなかったのだが、思いつきで作ったとは言えない。一瞬、出来たばかりの見事な陽明門を見上げて、すぐにパナメラを振り返る。

「今回の戦いは必ず陛下が勝つと思っています。なので、勝ってすぐに陛下が見て楽しめるように、豪華な城門を作りました。ちなみに、この門は二階から上が居住部分となっているので、今晩はそこに泊まらせていただきます」

笑いながらそう告げると、パナメラは呆れたような顔のまま陽明門を見上げて、溜め息を吐《つ》いた。

「はぁ……よくこんな物を思いつくものだな。それに、これだけ派手に彫刻や装飾が施されているのに、一種神々しさすら感じさせる。中も見て良いか？」

「え？　い、いや、それはちょっと……」

「ん？」

パナメラの言葉に反射的に否定の言葉を口にしてしまった。敏感にそれに反応すると、パナメラは目を細める。

「……また何か作ったな？　見せてもらうぞ？」

「ちょ、ちょっとそれは……あ、パナメラさん!?」

突然刑事のガサ入れみたいな流れになり、慌ててパナメラを止めに行く。まさか、こちらの了承前に自宅に押し入るとは思わなかった為、本気で焦った。

あ、自宅はセアト村にあるから、ここは別荘と言うべきか。別荘という響き……ちょっとセレブになったような気になり、気分が良くなった。

いや、違う違う。今は扉を開けて勝手に中に入っていくパナメラをどうにかせねばならない。

「パ、パナメラさん！　待ってください！」

急いで後を追うが、階段を勢いよく上がっていくパナメラはすぐに二階に着いてしまった。

そして、ぴたりと動きを止める。

「……少年、これは……」

咎《とが》めるような目でこちらを見るパナメラ。完全にバレてしまった。諦めて、溜め息を吐き答える。

「……はい。僕達が泊まる予定の部屋です」

そう言って、部屋の説明をする。まずは、近くのソファー席だ。

「これは希少な魔獣の革で作ったソファーです。テーブル、棚にも拘りました。更に、窓は外からの攻撃を防ぎつつ採光がとれるように厚みのあるガラスの二枚貼りです。トイレ、お風呂もあり、寝室は十人がゆっくり寝られるようにしています。三階は更に豪華な寝室とリビングになっています。この部屋でも十分豪華な造形の壁や柱、天井ですが、三階はもっと豪華絢爛に……」

段々と調子に乗りながら説明をしていたのだが、パナメラが低い声で喋《しゃべ》り出したので、僕は素直に口を噤《つぐ》む。

「……これは、陛下が宿泊される建物だな？」

確認するように聞いてくるパナメラ。

「いや、これは僕達が……」

「陛下が、宿泊される建物で間違いないな？」

「……はい、そうです」

渋々、パナメラの言葉に同意を示す。そこでようやく満足したように息を吐いた。

「……恐ろしい奴《やつ》だな。恐れを知らないというか……ただの子供がしたことならそれだけで終わるが、ヴァン男爵の場合はそんな言い訳は出来ないぞ」

パナメラはちょっと怒ったようにそう言って部屋の中を物色し始める。

まぁ、パナメラの言いたいことは理解している。陛下よりも良い場所で寝ていては、様々な問題が生じるだろう。それこそ、陛下が悪く思わなくても他の貴族の手前、それなりに罰を与えないといけなくなるかもしれない。

パナメラはこちらの身を案じて一番良い建物を陛下に、と言ったのだ。とはいえ、せっかく凝って作っただけに少し悲しい。

「……仕方ない。別のものを作ろうか」

僕は一人呟き、陽明門を後にしたのだった。


【ジャルパ】

お互い、魔術だけでは決定打に欠けていると実感していた。なにせ、こちらが魔術を用いて城壁の一部を崩しても、向こうはすぐにそれを土嚢《どのう》で埋めていき、反撃の魔術をこちらに向かって放ってくる。

城壁よりも低かった丘の上は、砦のお陰で対等の位置にすることが出来た。地形の条件は五分《ごぶ》となり、建物の耐久力の差で若干こちらが有利かと思われたのだ。

しかし、もう一つ重要な点があった。

こちらは狭い山道に作られた砦一つであるのに対して、相手は平地に作られた大要塞だ。城壁も広く、こちらに対して集中攻撃が出来るような造りになっている。

つまり、我が軍は少数でしか攻撃をすることが出来ないが、相手は大量の人員を攻撃に回すことが出来るのだ。

「……陛下もお気付きだろうが、やはり歩兵や騎馬兵を展開出来なければ攻城戦は難しいな」

魔力切れを起こしてからは騎士団の者を入れ替えながら攻撃の継続を行っているが、城壁を攻撃出来るような魔術師の人数が少ない。癪《しゃく》なことに、ヴァンの作ったバリスタは有効な攻撃手段だが、矢の数に限りがある。陛下はあの矢を最大級に評価しつつ、冷静に城壁を崩すことには向かないと判断した。

つまり、イェリネッタ王国で脅威となる魔術師を射貫《いぬ》く為に使用すると判断したのだ。

これは難しい判断である。本来なら、相手の領地で行う戦いは速度が命だ。補給も増援も相手方の方が有利になるのだから当たり前である。その常識を念頭に置けば、この要塞は出来るだけ早く陥落させたい。

なにせ、イェリネッタ側の視点で考えるなら全力で挑んだ大侵攻が失敗に終わり、反撃として予想外の拠点が襲撃されている状況だ。下手をしたら他国に助力を求めることも考えられる。

陛下はイェリネッタの内部に情報網を持っているのか。それとも、隣国が動かないという確信があるのか。

なんにしても、何か考えがあるのは確かだ。

「ストラダーレ！　後は頼むぞ！」

「はっ！」

魔力の使い過ぎで頭が回らん。一旦、ストラダーレに後を任せて前線から下がることにする。

「侯爵。卿《けい》も一旦休憩か」

後方に下がろうとすると、ちょうど陛下も屋上から降りようとしているところだった。近衛兵《このえへい》十数名を引き連れて戻るようだ。正直、交代出来る騎士団が増える為、陛下が下がってくれた方が効率が良い。

「相手がまた亜竜の類を連れてくることも考えられるからな。戦力は四つに分けて交代しながら連続して攻め続けるぞ。この砦の規模なら二つの騎士団までかもしれんが、すぐ外で野営を行って適度に休憩をしていけば問題ないだろう。それに、もしかしたらヴァン男爵がもう少し砦を拡張してくれているかもしれん」

そう言って、陛下は含みのある笑みを浮かべて私を見る。一種の脅しに近い響きを感じる。ヴァンから聞いたのか。それとも、陛下が自ら推測をしての言葉なのか。

どちらにしても、やはり下手な動きは出来ないだろう。動いたのは私の息のかかったヌーボ男爵とトロン子爵だ。この二人にも今は動くなと厳命しておかなければならない。二人が犯人だと分かれば、必然的に私にまで話が来てしまう。

「……聞いておるのか、フェルティオ侯爵」

「は……はっ！　申し訳ございません！」

少し思案することに集中し過ぎていたようだ。眉根を寄せてこちらを振り返る陛下に、慌てて謝罪の言葉を口にする。

すると、陛下は軽く溜め息を吐きながら、階段を下りていった。後に続いていくと、開け放たれた扉の前で陛下が立ち尽くしていた。周りの近衛兵も同様である。

何があったのかと近衛兵を押しのけて陛下の斜め後ろにまで行くと、思わず私も足を止めてしまった。

何故なら、目の前には通った時にはなかった長い廊下が続いていたからだ。

「……砦と宿舎を併設させたのか？　流石はヴァン男爵だ。予想外な作り方をしたな」

苦笑しながら、陛下は廊下を奥へと進んでいく。面白がって幾つか扉を開けたが、同じ部屋が並んでいると気が付いて興味を別の階に移した。

「途中で階段があったが、これまでの傾向上、恐らく上は個室であろうな。下はまさか例の大浴場か？　気になるな」

そう言って、陛下は下の階へと降りていく。

なるほど。確かに、これまでヴァンは上に行けば行くほど位の高い人物用の部屋を作ってきた。ならば、下の階の方が気になるというのも分かる。

そう思って付いていったのだが、まさかの光景が広がっていた。奥まで行って階段を下りたのもあるが、一階の部屋は殆《ほとん》ど見ることなく、誤って外へと出てしまった。すると、そこには謎の門があったのだ。

「……こ、これはなんと見事な……」

さしもの陛下も言葉はその程度しか発せなかった。他の近衛兵達は絶句したまま硬直しているくらいである。

それほど、目の前に現れた大きな門は見事だった。

「……これは、どこの国の様式だ？　随分と洗練されているが……卿は知っているか？」

「い、いえ……どうも見たことも無い装飾、形で……」

不意に尋ねられたが、答えることは出来なかった。

その間も、門の造形美から視線を外すことが出来ないでいる。誰もが無視出来ないほど派手な彫刻と装飾が施されているというのに、それが自然な姿だとでもいうかのように特殊な形の門と調和している。ただただ美しいとしか言えない。

「剣にしてもそうだが、ヴァン男爵は芸術の面で秀でているようだな。これほど見事な門を作るとは……しかし、何故こんな場所に？　門を閉めることで、反対側からの奇襲に備えるつもりか？　しかし、まだ門の左右に城壁などは見当たらないが……」

「この門は見事ですが、戦闘に適したようには見えません。扉もまだ取り付けられていないようですし……」

陛下の疑問に対して答えることが出来ず、同じような疑問を口にすることしか出来なかった。そうこうしていると、門の内側からパナメラが姿を現し、こちらに気が付いて歩いてくる。

「陛下、お休みになりますか？」

パナメラが何事も無かったようにそんな質問をしてきたが、陛下はそれには答えず門を指さした。

「パナメラ子爵。この門はなんだ？　ヴァン男爵はここにいるのか？」

そう尋ねると、パナメラは苦笑しつつ頷く。

「先ほどまでこちらにおりましたが、今は自分用の宿舎を作っているようです。こちらの門はどうやら陛下がお休みになれるように作った特別な物とのことでした。どうでしょう。さっそく、中をご覧になりますか？」

パナメラの言葉に、陛下は戸惑いつつも首肯した。案内してもらい、陛下と私だけが門の中へと入っていく。階段を上がり、最初の扉を開けた。途端、世界が変わったように華やかな光景が目の前に広がる。

「おお、これは……」

王城に住まう陛下ですら、感嘆の声を上げることしか出来なかった。私に至っては唖然《あぜん》としてしまったほどだ。思わず、部屋の中をまじまじと見まわしてしまう。

落ち着いた色合いの壁には美しい赤の絨毯《じゅうたん》か何かがかけられている。また、天井には細かな装飾の施された木が張られていた。それ以外にも柱や天井の梁《はり》も隠さずにあえて部屋の中に配置されているようだが、どれも不思議と全体の調和と美観に貢献している。

「……不思議だ。単なる木を削り出したような柱が、どうしてこれほど存在感を放つのか」

呟きながら、柱に手を触れる。どうも普通の木材ではなさそうだが、それがこの存在感を生み出しているのか。

「ふむ、確かにな。だが、それよりもこの光の方が気になるぞ。窓ではなさそうだが……」

「は、はい。確かに、これは……」

陛下に言われて顔を上げて確認すると、確かに天井には四角いガラスのような物が幾つも取り付けられていた。天井に埋め込まれているように見えるが、そのガラスが発光している。これはどういう原理なのか。

「確認しましたが、ベッドもソファーも最上級の素材で出来ています。それに、執務室やシャワー室もありました。上の階も同様に豪華な寝室やシャワー室などがあります」

「それは有難いな。とはいえ、まさか敵地の目の前でこれだけ豪華な部屋で休めるとは、思いもよらなんだ」

パナメラの説明に、陛下は上機嫌にそう言った。

「……くそ、ヴァンめ。また陛下に気に入られようと……あの年齢でよくもまぁ、世渡りが上手《うま》いことだ……」

腹立たしい気持ちでそう呟くが、それすらも出来ない自分への歯がゆい気持ちが増しただけだった。

第七章 ★ 敵対者

　結局、せっかく作った陽明門は陛下に譲ることになったので、改めて自分の宿泊施設を作ることになった。

「よく考えたら、周りの貴族は殆《ほとん》どが爵位が僕より上じゃないか。また取られてしまう可能性もあるし、今度は目立たないものにしよう」

　そう決心した僕は、最も目立たない建物を考えた。

　そう、つまりは地下室である。入口に気をつければ誰にも気付かれないくらい目立たない筈《はず》だ。

「どうせなら、よく駅前とかにある地下街みたいに広い空間が良いな。見やすくする為《ため》に通路は直線だけにしようか。それとも、侵入者対策の為に迷路みたいにした方が良いかな？」

　地下への階段を作ってから、僕はそんなことを呟《つぶや》いた。すると、後ろに並んでいたカムシンやティル、アルテが顔を見合わせる。

「……ヴァン様を守護する身としては、守りやすい作りは有難いですが」

「その……迷路は、私も迷ってしまいそうです……」

「簡単な迷路にしてはいかがですか？　全て右を選べば正解の道とかなら迷わなくて良いかもしれません」

と、それぞれの意見が出た。

「おお、それは良いね。流石《さすが》はアルテ」

折衷案とも言える丁度良いアイディアが出たところで、発案者のアルテを褒めて採用を告げる。

ちょっと照れた様子ではにかむアルテに微笑《ほほえ》みつつ、地面に簡単に地図を描く。

地下に降りてすぐに三方向に分かれる道を作り、それぞれ更に二つの分かれ道を作った。

「どこかで、人間は左を選びやすいって聞いたからね。全部右を選んだら正解ってことにしようか。理想としては、外れの道を選んだら全て同じ部屋に集められて出られなくなるような仕掛けが欲しいけど……」

幾つか地面に道を描きながら、どんな風にしようかなと考える。すると、カムシン達《たち》も一緒に考えるような素振りを見せた。

そして、今度はティルが挙手して口を開いた。どうやら何か考えがあるらしい。

「正しい道でなければグルグル回ってしまうような形はどうでしょう？　そうしたら、侵入者の方も諦めて帰るかもしれません」

と、可愛《かわい》い提案をしてきたので、軽く笑いながら頷《うなず》いた。

「そうだね。じゃあ、分かれ道を誰かが通る度に音が鳴るようにしようか。そうしたら、困ったら絶対に開けられないような扉を作っておけば防備は固められるからね」

「え？　音が鳴るようにというのは……？」

「紐《ひも》と板を使うものですか？」

ティルとカムシンがそれぞれ質問をしてくる。どうやらカムシンは昔の武家屋敷にあったような防犯装置を思い浮かべているようだが、よくぞそんなものを知っているなと言いたい。というか、この世界にそんなものがあるのだろうか。

不思議に思いつつ、僕は答えを教える。

「カムシンの案を採用してみよう。板の下に紐を張っておいて、その先を壁の裏を通して奥の部屋まで繋《つな》げたら良いかな？　やったことないから分からないけど、今後の為にもちょっと実験をしておこうか」

そう答えるとカムシンは嬉《うれ》しそうに頷いた。ティルとアルテはまだ想像出来ていなそうだが、とりあえず了承してくれるようだ。

新しいものを作るのは楽しい。

僕はどうやって侵入者探知の仕掛けを作ろうか頭を働かせるのだった。

夜になり、部屋の天井に設置した薄い鉄の板と板が接触して澄んだ音を立てた。さっそく、防犯装置が作動したらしい。

「す、すごい音ですね……」

半分寝かかっていたのか、アルテが目を擦《こす》りながらそんなことを呟き、歩いてきた。僕はその様子を見て笑いながら、作ったばかりのソファーに座ったまま軽く伸びをして頷く。

「そうだね。シンバルをイメージして作ったから、思ったよりすごい音だったね」

「しんばる?」

「大きな音が鳴る楽器だよ」

アルテが首を傾《かし》げたので簡単に説明すると、なるほどと真面目な顔で頷かれた。

ソファーから立ち上がると、入口の方向からカムシンが現れた。こちらも生真面目な性格の為か、軽装の鎧《よろい》を着て武器も手にしている。

「侵入者です」

「そうみたいだね」

苦笑しつつ、返事をした。ティルも同じように微笑みながら、反対側のソファーから腰を上げて僕を見る。

「お茶を淹《い》れましょうか?」

「そうだね。温かい紅茶が良いな」

「かしこまりました」

お願いすると、ティルは一礼してから紅茶を淹れに行った。

何故《なぜ》、こんなにゆとりがあるのかというと、出来たばかりの宿泊施設が最高の防犯能力を保持しているからに他ならない。

地下一階に降りると分かれ道が何度か続き、正解の道を連続して選ぶとようやく奥の部屋へと辿《たど》り着く。その部屋は十人ほど寝られる広い部屋が幾つかあり、更に大きな食堂と多人数用トイレなどがある。そして、僕やアルテ、ディーの個室があるのだが、まず、入口には中から頑丈な閂《かんぬき》を掛けることが出来る。地下という性質上、扉を壊すような重量物は持ってこられず、魔術を使って壊す以外に方法は無いだろう。

だが、そう簡単にはいかない。

何故なら、扉の厚さは十センチ以上。ウッドブロック製で重さはそこまでないが、十二分の頑強さを有している。

何度か防犯装置が作動して金属音が鳴り響いたが、いまだにこの部屋まで辿り着いた者はいない。早く防衛能力を見てみたいのだが、侵入者の頑張りが足りないようだ。

「……もう、三人目でしょうか？」

「一回で何人か分からないからね。もしかしたら十人くらい来てたりするかもしれないよ？」

そんな会話をして、ティルが持ってきた淹れたての紅茶を堪能する。

うん、美味《おい》しい。デザートにカップケーキが欲しいところである。

「ヴァン様、敵が扉の向こうまで来たようです」

「お、ようやく来た？」

ゆったりくつろいでいると、部屋の入口の方からロウが報告に来た。その報告に、カムシンが真剣な顔で「様子を見てきます」と言って来た道を戻っていく。

「さて、扉を開けることが出来るかな？」

そう言って笑いつつ、僕はアルテを見る。だいぶ目が覚めたのか、アルテは無言で頷いて二体の人形を動かしたのだった。


扉を破壊しようとする衝撃と音が連続して響く。どうやら、どうにかして持ち込んだ重量のある物をぶつけて扉を破壊しようとしているらしい。

だが、簡単なことではない。分厚いウッドブロック製なので、鉄板相当の頑丈さはある筈だ。扉の向こう側で必死になって破壊活動をしている間に、こちらは準備万端で構えていられる。

これは、思ったよりしっかりとした防衛設備になるかもしれない。要検討案件だ。

「機械弓部隊は入口を包囲するように並んで、入口前にはアルテの人形が壁役をしようか。そうすれば、怪我人《けがにん》を出さずに殲滅《せんめつ》も可能だね」

小さくそう指示を出すと、室内で大剣を構えたディーが深く頷き、アーブとロウに何か命令を伝達した。

さぁ、いつでも来い。

そう思って待っていたのだが、いくら待っても扉が破られる気配はない。いつ扉を破壊するんだろう。そう思って周りを見るが、周囲の人達も同様の反応だった。お互いの顔を見合って不思議そうにしている。

結果、十分経《た》っても扉が破られることはなく、気が付けば扉を破壊する音も、侵入者の気配もなくなっていた。

これは流石に諦めたか。

「……まぁ、余計な問題にならずに済んだと喜ぶべきかな」

そう言って苦笑すると、ディーが深い溜《た》め息《いき》を吐《つ》いて首を左右に振る。

「それよりも、扉を破れずに帰る侵入者どものやる気に不満がありますな。なんとしても破ろうという気概が足りん！」

「いや、そんなやる気を求められても……」

ディーらしい着眼点に呆《あき》れながら返事をして、扉を見た。

「ディーは不満かもしれないけど、貴族間で余計な争いは無い方が良いんだよ。僕としてはこんなところで争う予定じゃないからね」

そう言って笑うと、ディーは再度溜め息を吐いて顎を引く。

「ヴァン様の考えていることは分かりますが、甘過ぎますぞ。こういう時は、他の貴族への牽制《けんせい》になるように、断固とした態度を見せなければなりません。それこそ、逆らう者は許さないという強い態度が必要でありましょう」

鼻息荒くそう告げるディーに、片手を振って笑いを返す。

「あはは。大丈夫だよ。この程度なら、無視しても全然影響はないからね。放っておこうよ」

大きな声を出してそんなことを言っていると、ディーだけでなく、周囲の者達も驚いたような顔でこちらを見ていた。

「……器の大きさか、はたまた強者の余裕というべきか……ヴァン様は大物ですな」

ディーがそんな過剰な評価をくれて、周りの騎士団員達も頷く。いやいや、そんなおだてられても困ってしまう。せいぜい、バーベキューでお肉多めにするくらいしか出来ないからね？

そんなくだらないことを思いながら、僕は皆に振り返る。

「さて、侵入者が諦めたことだし、僕達もゆっくり寝ようか」


朝になり、自然と目が覚める。瞼《まぶた》を開けるとすでに良い匂いが漂っていた。

「ん……おはよ」

そう声を掛けると、朝食の準備をしていたティルが笑顔で振り返る。

「おはようございます！」

「うん……？　なんか、今日は元気いっぱいだね」

首を傾げながらそう言うと、ティルが小さく笑いながら頷く。

「実は、最近なかなか寝つけなくて……ヴァン様が準備してくださった寝具は贅沢《ぜいたく》過ぎるくらいなのですが、やっぱり魔獣や敵国の兵が来るかもしれないと思って、時々不安に……」

申し訳なさそうにそう言った後、ティルは花が咲いたような笑顔になる。

「でも、ここではぐっすり眠れました！」

両手を上げてそんな報告をするティルの様子に笑いつつ、僕も頷いた。

「安心して眠れるのは有難いよね。さて、これで面倒なことも回避出来そうだし、朝ごはん食べたら村に帰ろうか」

「はい！」

屈託なく笑うティルに癒されつつ、アルテやカムシンを呼んで朝食を取る。あまり火を使うと一酸化炭素中毒が怖いので、申し訳ないが騎士団の皆は携帯食である。まぁ、素材が良い干し肉やパンは中々好評だったので苦情も出なかったが。

全員で手早く朝の準備を終えて、外に出てみる。アーブやロウ、ディーが先頭に立ち、後方から援護として機械弓部隊が付いていく。

悲しいが、今は魔獣よりも味方である筈の他の貴族の騎士団の方が怖い。魔獣は分かりやすく一直線に襲いかかってくるが、貴族の策謀は水面下で密《ひそ》かに行われるものだ。毒や貴族派閥を使っての謀《はかりごと》も考えられる。

昨晩はかなり強引に僕の寝床を襲撃しようとしていたから、恐らく頑張って捜せば犯人は見つけられるだろう。

だが、それだとダディと本気で敵対関係になってしまう。

個人的には、それはまだ早いと考えている。

そんなことを考えながら、僕は地上に出た。

「ヴァ、ヴァン様」

と、先に出ていたアーブから名を呼ばれて顔を上げる。視界が光に染まったような錯覚を受けつつ、朝日に目を細めて周りを確認した。

すると、胸を張って腕を組むパナメラの力強い笑顔が一番に目に入った。

「……パナメラ子爵。これはいったい……」

パナメラの名を口にしつつ、周りの光景を再度観察する。

「昨晩、ヴァン男爵の寝所へ夜襲がかけられた。このことは間違いないな？」

「はぁ……扉まで来て少し強めにノックはされましたけど、その後実際に入ってくることは出来なかったので、夜襲されたとまでは言えないかもしれませんが……」

面倒なことは避けたいという思いでそう答えたのだが、パナメラは目を瞬かせて、すぐに噴き出すように笑った。

「はっはっは！　ヴァン男爵にとっては夜襲ではなく夜中の来訪者程度にしか感じられなかったか！　まったく、豪胆に過ぎる！　やはり、貴族はこれくらい肝が太くなければな！」

どう誤解したのか、パナメラは心から楽しそうに笑い、自分の後方に居並ぶ者達に向き直った。

そこには、パナメラの騎士団に包囲された風体の怪しい男達が百名ほど地べたに座らされていた。

何故か悔しそうに僕を睨《にら》んでいるが、冤罪《えんざい》である。

パナメラはまだ楽しそうに笑ったまま、地べたに座り込む男達を見据えた。

「さて、ヴァン男爵に刺客としても認識されなかった暗殺者の諸君。著しく自尊心を傷つけられただろう。もう暗殺者として君達を雇用する者は現れない。これからは心を入れ替えて、私に協力すると誓え。その第一歩として、この行軍に紛れ込む為に、どの騎士団が君達を匿《かくま》っていたのか、この場で答えてもらおうか」

パナメラがよく通る声でそう告げると、男達は顔を見合わせたりしていたが、すぐに答える者は現れなかった。

その様子に深く頷き、パナメラが組んでいた腕を解く。

「うむ。刺客はそうでなくてはならない。気に入ったぞ！」

上機嫌にそう言いながら、パナメラは何故か剣を抜く。朝日に照らされて銀色の刃が獰猛《どうもう》な光を放った。

皆の視線が、剣の先に向く。

「暗殺者の誇りは、確実な任務遂行と情報の秘匿だ。その誇りを守る為に、君達は絶対に雇い主のことを口にしないだろう。そんな君達に敬意を表し、私が一人ずつ情報を話してもらえないか、交渉しようじゃないか」

そう言って、軽く剣を振って笑みを浮かべる。

「安心したまえ。先ほど言った通り、私は君達が気に入った。貴重な時間を割き、じっくり話を聞いてやろう」


突然始まった百人規模の尋問大会。

誰もが、言葉を発することが出来ずにパナメラの尋問を見ていた。

「君。そう君だ。一つの質問に五秒の考える時間を与えよう。出来るだけ早く答えてくれると嬉しい」

そう言って笑うパナメラに、地面に座った男は顔を引き攣《つ》らせる。その様子が見えていないかのように、質問は始められた。

「さっそく一つ目だ。君の名を教えてくれるか？」

「……ペイサーだ」

「良い名だ。協力に感謝するぞ、ペイサー」
二、三秒で答えたのを見て、パナメラは上機嫌に頷く。
「それでは二つ目の質問だ。君達は、どの騎士団に所属している？」

「……それは、言えない。言えば殺されるからだ」

質問に、ペイサーは冷静にそう答えた。パナメラはその答えに頷き、剣を振るう。

「では、次の質問だ」

言いながら振るわれた剣は、ペイサーの右の手のひらを貫通した。

「ぐ……っ」

痛みを堪《こら》えて低く声を出す様子を横目に、パナメラは優しく微笑む。

「不思議に思うことが一つある。よく、言えば殺されるから口を閉ざす、という者がいる。しかし、この場で黙って殺されるのは良いのだろうか。矛盾していないか？　どう思う」

「……どうせ死ぬならば、情報を漏らさずに死ぬべきだ」

冷や汗を流しながら、ペイサーが答えた。

「ふむ。良い心掛けだな。では、もう少し質問をしたいので、頑張って耐えてもらいたい。ちなみに、次は右手首を切り落とすので、気をしっかり持つように」

パナメラは上機嫌にそう告げると、質問を再開した。

結局、最初の一人は重要な部分は一切喋《しゃべ》らなかった。ディーやアーブ、ロウはまだ冷静にその様子を見守っていたが、アルテやティルは顔色が真っ青になっていたので、すぐさま地下室に戻ってもらった。

セアト村騎士団の面々は微妙である。表情は優れないが、それでも何とか冷静にしていようという雰囲気は感じられた。

まぁ、騎士団はなんだかんだでそれなりに戦争を経験している為、度胸がついたというところか。ちなみに、僕とカムシンは意外にも冷静に尋問の様子を見ることが出来ていた。

「失血死してしまったか。次は、止血をしながら質問しなくてはならんな」

苦笑してそう言ったパナメラは、二人目の男に向き直った。すでに、地べたに座らされた男達は顔面蒼白《そうはく》である。中には恐怖で涙ぐむ者もいた。

先に怯《おび》える者を尋問すれば解決しそうだが、パナメラは何故か睨み返す男を選ぶ。

「さて、一つ目の質問だが、準備は良いかな？」

パナメラがそう口にした時、パナメラの騎士団の奥から二十人ほどの男達が歩いてきた。

「待たれよ、パナメラ子爵」

低い男の声に、パナメラが剣についた血を拭きながら顔を上げる。そこには、大柄な太った男と、背の低い筋肉質な男の二人が並んで立っていた。白と黒の豪華な鎧やマントを着けているのを見る限り、この二人は貴族だろう。その後ろに並ぶ騎士達もそれぞれ白と黒を基調とした鎧を着ていたので、恐らく二つの騎士団から集められているに違いない。

その黒い鎧の背の低い男が、パナメラを睨むように見ながら口を開いた。

「この重要な戦いの最中に、他の騎士団の士気が下がるような行動は謹んでもらいたい」

その言葉に、パナメラが笑顔で首を傾げる。

「おや、トロン子爵。普段は私と同じく敵対する者を断固として赦《ゆる》さない卿《けい》が、突然博愛精神でも育てられましたか」

不思議そうにそう尋ねるパナメラに、トロンは舌打ちをして眉間に皺《しわ》を寄せた。

「そのようなことは言っておらん。ただ、陛下も参加する重要な戦いが行われている裏でこのような凄惨な拷問をすれば、全体の士気を下げる結果に繋がりかねんと言っておるのだ。まだ陛下が来ておらぬ内にこのようなことは止《や》めよ」

イライラしたようにトロンがそう言うと、黒い鎧の騎士達だけでなく、他の騎士団の騎士も何人か顔を強張《こわば》らせた。背は低いのに威圧感が凄《すご》い。

だが、パナメラはその怒気も鼻で笑ってスルーした。

「トロン子爵。それでは、ヴァン男爵が夜襲を受けた件を無かったことにしようとしているとしか思えぬ。もし卿が寝込みを襲われたなら、ただちに犯人を捜し出すであろう？」

そう聞き返すと、トロンは肩を竦《すく》めて首を左右に振る。

「パナメラ子爵は武力はあれど、貴族としての会話の機微には疎いようだな。私は、今この場での尋問は止めよ、と申したのだ。尋問はこちらのヌーボ男爵に頼もうと思っておる。最後尾に下がり、野営用のテントを張って尋問をさせるので安心するが良い」

トロンがそう答えると、ヌーボと呼ばれた小太りの男は黙って頷いた。なるほど。この二人がトロンとヌーボか。やっと顔と名前が一致した。

「……さて、その提案を聞く限り、例えばこのヴァン男爵が作った地下室の奥で尋問するなら問題はないかのように聞こえるな。まぁ、半日掛からぬだろう。この地下室で、声も聞こえないように尋問をすれば良いかな？」

挑戦的な笑みを浮かべてパナメラが言い返す。トロンとヌーボが揃《そろ》って目を鋭くさせるが、パッと反論ができなかった。

その時、二人の後方に集まっていた騎士達が左右に素早く動いた。その気配に二人が振り返ると、そこには近衛《このえ》を引き連れた陛下の姿があった。

「なんの騒ぎか」

低い声で不機嫌そうに陛下が呟き、トロンとヌーボは素早くその場で跪《ひざまず》く。

「へ、陛下……！」

トロンが明らかに動揺した様子で顔を地面に向けた。

その後頭部を見下ろしてから、陛下は僕の顔を見る。

「む？　おぉ！　ヴァン男爵！　昨晩はあの素晴らしい門のお陰でゆっくり休むことが出来たぞ！　王都にも作ってほしいくらいだ」

「それは良かったです。暫《しばら》く使うことになるかもしれませんし、もし何かありましたらお知らせください」

商品のアフターフォローみたいな返事をして会釈をすると、陛下はパナメラの近くに血塗《ちまみ》れの死体が転がっていることに気が付く。

「……何があったのか、説明をせよ」

パナメラに鋭い視線を向けて、陛下が口を開いた。パナメラは剣を納刀し、答える。

「昨夜、ヴァン男爵の寝所が襲撃されました。男爵は扉一つ破れない只《ただ》の来訪者だと気にしておりませんが、今回で二回目の夜襲となります。同盟を結んでいる身としては捨て置くわけにはいかないと思い、襲撃者を捕らえた次第です」

パナメラのその言葉に、陛下の目が更に鋭くなる。

「なんだと？　この大軍勢の中で、二度も特定の相手に夜襲を……なるほど。つまり、ヴァン男爵がこの戦いの切り札の一つであると知っている者の犯行か。一緒に行動する騎士団でなければ、男爵の居場所を的確に襲うことなど出来んが……まさか、この王国にイェリネッタに与《くみ》する者が現れるとは」

怒りを孕《はら》みながらも冷静に推測する陛下の言葉に、トロンとヌーボの背が震えた。

それを尻目に、陛下はパナメラに対して口を開く。

「それで、パナメラ子爵とトロン子爵、ヌーボ男爵が襲撃者の尋問をしておったのか」

その質問に、パナメラは首を左右に振った。

「いえ、トロン子爵とヌーボ男爵は私の尋問の仕方に異議を唱えております。目立たぬところで、ヌーボ男爵が尋問をするから、私に手を出すなと」

「なに？　パナメラ子爵のやり方はともかく、ヴァン男爵の唯一の同盟者が尋問をするのは至極当然であろう。何が悪いと言うのか」

パナメラの言葉に陛下が眉根を寄せる。まるで最初から台本があったかのようなスムーズなやり取りで、陛下はトロンとヌーボへの追及に移った。これは、二人が事前に打ち合わせしていた可能性が高い。

そう思ってパナメラを見ると、含みのある笑みが返ってきた。

やっぱりね！　頼りになるけど、パナメラさん怖い！

第八章 ★ 尋問って怖いよね

「……へ、陛下が指揮をしてくださる大事な一戦の為《ため》、あまりに凄惨な尋問を行っては兵の士気に関わる可能性があると危惧いたしまして……」

トロンが不安そうに自分の考えを口にする。それに、パナメラが鼻を鳴らした。

「さて、そういえば、前回ヴァン男爵が襲撃された時、その周辺の夜の番をしたのはヌーボ男爵の騎士団だったな。昨晩の見張りを担当した騎士団は誰のものであったか……早急に確認をとらねばなりませんね」

パナメラがそう告げると、ヌーボが額から汗を流しながら唾を嚥下《えんげ》する。トロンは顔を上げて、陛下を見た。

「ちょ、ちょっとお待ちいただきたい！　パナメラ子爵はどうやら最初からヌーボ男爵を疑っている様子！　このような状況で公正な情報を引き出すことが出来るでしょうか？　もし、パナメラ子爵がイェリネッタと内通していた場合、最悪の事態も考えられましょう！」

「ならば、どうすれば良い？」

陛下が聞き返す。

「恐れながら、ヴァン男爵の安否を気遣い、尚且《なおか》つ我々よりも爵位が上の方に来ていただくのが最良かと思います」

そんなトロンの言葉に、陛下は「なるほど」と頷《うなず》いた。

「良いだろう。だが、ヴァン男爵はまだ当主となって日が浅い。貴族としての付き合いがある相手など、パナメラ子爵以外にはおるまい」

陛下が困り顔でそう言うと、すぐにトロンが答える。

「ならば、私はフェルティオ侯爵を推薦いたします。なにせ、侯爵にとってヴァン男爵は実の息子。これ以上ない男爵の味方でありましょう」

と、さも良案のようにトロンが言い、陛下とパナメラが一瞬視線を合わせた。

「良い案だ。確かに、侯爵とは親子関係であったな。ならば、早急にそれで話を進める。誰か、フェルティオ侯爵を呼んで参れ！」

陛下が命じ、近衛《このえ》の一人がすぐにジャルパを呼びに向かう。

その様子を見て、僕はパナメラの狙いに気が付き、悲鳴を上げそうになるのを堪《こら》えた。

最初から、ジャルパまで引き摺《ず》り出すつもりだったのだ。だから、襲撃の狙いも定かではないというのに、わざわざイェリネッタ王国と内通しているという疑惑を口にしたのか。

陛下の物言いに違和感を感じていたのだが、トロンとヌーボの危機感を煽《あお》るのが目的だったに違いない。

このままだと、イェリネッタに通じた逆賊という最悪の扱いになり、下手をすれば死罪である。

トロンとヌーボはどんどん状況が悪くなることに焦ったことだろう。

だが、僕としてはダディまで窮地に追いやるつもりは無い。むしろ、もう少し色々と準備しなくてはならないと感じている。

陛下とパナメラは、いったいどこまでの結果を求めているのか。

突然のタイミングで動き出した水面下での戦いに、僕はもう口を出すことも出来なくなっていた。

やがて、ジャルパが騎士団長のストラダーレを連れて歩いてきた。その表情は憤怒に染まり、凍《い》てつくような視線をトロンとヌーボに向けている。その視線に、二人は顔面蒼白《そうはく》になって俯《うつむ》いた。

ジャルパと二人の反応を見て、この事態はトロン達《たち》が勝手に行ったのかと感じた。直感的なものだが、意外と的外れというわけでもなさそうな気がする。

だが、どちらにしても一度目の襲撃やコンテナの倒壊には関与している可能性が高い。どれか一つでも関わっているならば、陛下は見逃しはしないだろう。

これからどうなるのかと思ってジャルパの様子を窺《うかが》っていると、陛下が先に振り向いて口を開いた。

「来てくれたか、フェルティオ侯爵」

少し不機嫌そうに陛下が名を呼ぶ。これにはジャルパも神妙な態度をとらざるを得なかった。

「はっ！　何事でしょうか」

薄々は気が付いているだろうが、ジャルパは敢《あ》えて何も知らない風を装って返事をする。陛下がそれをどう受け取ったのかは分からないが、とりあえず何事も無かったような態度で頷いた。

「うむ。話せば長くなるが……」

陛下がそう口にすると、パナメラが微笑《ほほえ》みを浮かべて手を挙げた。

「良ければ私が説明いたしましょう」

「頼めるか」

陛下とパナメラがそんなやり取りをしてから、パナメラからジャルパにことの経緯を説明する。

それを聞き、ジャルパは憤慨して襲撃者達を睨《にら》んだ。

「寝入ったところを狙うとは、なんと恥知らずな輩《やから》だ！　そういうことならば、この私が自ら尋問して犯人を突き止めてみせようではないか！」

そう怒鳴ると、トロン達はホッとしたような顔で息を吐いた。貴族の割に随分と感情が顔に出てしまっている。

しかし、トロン達が思うほど、パナメラは甘くなかった。

「いやいや、フェルティオ侯爵。まさか、尋問ごときで侯爵殿のお手を煩わせるわけにもいかない。それに、私はヴァン男爵の唯一の同盟相手です。誰よりも尋問を担当するのに適任と言えるでしょう」

パナメラがそう告げ、ジャルパはウッと小さく息を呑《の》んだ。

ここで、強行突破することも出来る。しかし、どうやっても多少の違和感は残るだろう。陛下がいる前で、そんな怪しいことは行いたくない筈《はず》だ。

しかし、パナメラが尋問をしていけば、いつかはトロンとヌーボの策謀が明らかになる。そうすれば、ジャルパへの疑いも浮上するし、もし陛下が処刑を口にすればトロン達が白状してしまうかもしれない。

そうなれば絶体絶命だ。もし、その二つしか選択肢が無いならば、どちらを選ぶかは自明の理である。

結果、予想通りジャルパは強行突破を選んだ。

「パナメラ子爵……卿《けい》のヴァン男爵への友情には心から感謝する。しかし、実の子を狙われた親の気持ちを捨てきれないのも理解してもらいたい」

そう口にして、ジャルパはパナメラの前まで歩き、睨む。

「……この場は、私に任せてもらおう」

低くドスの利いた声で、ジャルパが言った。それに目を丸くして、パナメラは一、二秒もの間ジャルパの表情を観察する。

そして、息を漏らすように笑って肩を竦《すく》めた。

「……仕方ありませんな。しかし、侯爵がそれほどまでに息子のことを愛しているとは知りませんでした。このことは美談として周りの友人に話したいくらいですよ」

含みのある言い方でジャルパの主張を認めると、パナメラはその場を譲るように僕の方へ歩いてくる。

「ヴァン男爵。お父上に任せて良いかな？」

最後に、パナメラにそう問われ、最終決定権が僕に移ったことを悟る。陛下もこちらを見て意味ありげに口の端を上げていた。

溜《た》め息《いき》を吐《つ》き、僕はジャルパを見る。

ジャルパの表情は、僕がこれまでに見たことの無いものだった。


「……それでは、父に……フェルティオ侯爵に尋問をお願いします」

そう答えると、ジャルパは心から驚いたような顔を見せた。そして、トロンとヌーボはその場にへたり込むように崩れ落ちる。

三人の様子を眺めて、次に陛下とパナメラを見た。陛下は興味深そうに僕の表情を観察し、パナメラは少し怒ったように眉根を寄せている。

なるほど。この話を最初に提案したのはパナメラの方のようだ。陛下がどこまで乗り気だったのかは分からないが、僕の回答を聞いて怒ったりはしていなそうである。

内心ホッとしつつも、改めてジャルパに向き直る。無言でこちらを睨むジャルパを見て、出来る

だけ自然に見えるように微笑んだ。

「それでは、父上。お願いします」

そう言って頭を下げると、ジャルパは口をへの字にしたまま顎を引いたのだった。


「何故《なぜ》、フェルティオ侯爵を選んだ？　意味が分かっていないわけではないだろう？」

移動してすぐにパナメラがそう問いかけてきた。陛下は前線に戻っており、ジャルパは尋問をするという名目で昨晩僕が泊まった地下室に移動している。周りには僕とパナメラの関係者しかいない状況だ。

パナメラの質問になんと答えようかと考えていると、アルテが眉をハの字にして口を開いた。

「……その、やはり実のお父様が処罰されるかもしれないような選択は出来なかったのではありませんか？」

アルテが心配そうに答えると、パナメラは肩を竦めて首を左右に振った。

「馬鹿な……貴族たるもの、自分の害となる者は誰であっても容赦してはならん。舐《な》められたら終わり、それが常識だ。情に流されて判断を誤った者は家を衰退させるだろう。それでも良いのか？」

不機嫌そうにそんなことを言いながらパナメラがこちらを見た。それに苦笑して、浅く頷く。

「僕としてはそんな殺伐とした人生を歩みたくないし、かといって家を衰退もさせません」

そう言った後、不敵に笑いつつ再び口を開いた。

「それに、情に流されたわけじゃないですよ？」

「……なに？」

僕の言葉に、パナメラは目を細める。

「僕は、自分のやり方で敵対者に対抗します。それこそ、敵対したことを後悔するように」

そう告げると、パナメラは目を丸く見開いて瞬きを何度かした。そして、不機嫌そうだった表情を幾分柔らかくする。

「……それは興味深いが、今後は多少なりとも私や陛下の思惑に沿うように考えてくれると有難い。本当なら、フェルティオ侯爵家の牽制《けんせい》をしつつ、私と少年の権力を増す予定だったのだが……」

最後の方は何やら小さく呟《つぶや》いていたが、どうやらパナメラも裏で何かしらの策謀を巡らしていたらしい。

国が領土的、経済的に成長しない場合、貴族間の権力争いは謂《い》わば奪い合いとなる。誰かが新たな領地を得れば誰かがその分を失い、誰かが要職に座れば誰かが要職から下ろされるということだ。

パナメラは、力を持ち過ぎているフェルティオ侯爵家の領地や権力を狙っていたに違いない。それは、王家の力を優位にしたい陛下の思惑とも合致したのだろう。

陛下は一気に王国を成長させようとしたからこそ、武功を立てたフェルティオ侯爵家を目に見えるほど優遇した。その後領土が広がることは無かったが、明らかに勢いを増したフェルティィオ侯爵家は何もしなくても様々な人物が擦り寄ってくることになる。

他の貴族や大きな商会はもとより、有力な騎士、魔術師なども仕官したいと勝手に集まったりもする。

これにより、フェルティィオ侯爵家は爵位が上がった以上の大きな成長を遂げてしまったのだ。

陛下はフェルティィオ侯爵家の勢いを減衰させたい。フェルディナット伯爵家の派閥と思われるパナメラは、自身が成り上がる為に邪魔なジャルパを失墜させたい……二人の思惑はこんなところだろうか。

まぁ、申し訳ないが、被害者は僕なのだから僕のやりたいようにさせてもらう。

内心でそんなことを思っていると、パナメラは溜め息を吐いて肩を竦めた。

「それで、もう少年は領地に戻るのか？　恐らく、あの要塞も半月で攻略されるぞ？」

パナメラにそう言われて、すぐに首肯する。

「いえ、帰ります。半月もあったら家に帰り着きますからね。早く帰って銭湯に入りたいです」

心からの言葉である。何が悲しくて空気がピリピリした血腥《ちなまぐさ》い戦場で何日も過ごさなくてはならないのか。

選べるなら、暖かいベットと銭湯、美味《おい》しい食事のあるセアト村を選ぶのは当然と言える。

断固たる決意でそう答えると、パナメラは苦笑しながら頷いた。

「そうか。そう答えると思っていたぞ。それじゃあ、また会おう。次に会う時は勝利報告と共に凱《がい》旋《せん》するから、極上の食材を準備しておいてくれ」

「承知いたしました」

パナメラの余裕を感じられる別れの挨拶に笑いながら返事をする。

そうして、パナメラは颯爽《さっそう》と去っていった。向かう先は戦場だというのに、流石《さすが》は王国内の女傑代表である。

その頼もしい後ろ姿を見送ってから、僕は皆を振り返った。

「さて！　それじゃあ今度こそ帰ろうか！」

皆に向かってそう言うと、多くの嬉《うれ》しそうな返事と歓声が返ってきたのだった。


大半の山道を舗装したお陰で、セアト村へは三倍以上の速度で帰ることが出来た。道中は魔獣が不安だったが、なんとオルト達が格安で護衛を引き受けてくれたので、魔獣の奇襲を受けることもなく安全に村に辿《たど》り着けた。

「ヴァン様、お帰りなさいませ」

「ただいま、エスパーダ」

エスパーダ達に出迎えられ、お風呂に入って汗を流したと思ったら、あれよあれよという間に大バーベキュー大会の準備が完了する。

あれ？　何も指示出してなかったよね？

と、不思議に思っている内に、僕は赤々と燃える火の前で肉の串を持って立っており、目を輝かせるセアト村の住民達を見回していた。

「……それでは、セアト村騎士団が怪我《けが》無く帰郷出来たことを祝して、大バーベキュー大会を開催します！」

「うおおおぉ！」

よく分からない状況の中、ノリだけで言った開会の挨拶と共に、皆で火に肉の刺さった串を向ける。一斉に最高級の肉の焼ける匂いが広がり、住民達のテンションは最高潮に達した。

「実食！」

「はい！」

乾杯の挨拶をすると、焼けた肉が次々に住民達の口に運ばれていく。

そして、バーベキュー会場であるセアト村メインストリートは歓声と朗らかな笑いに包まれた。

「美味しいですね、ヴァン様」

隣に座って肉と果物を食べているアルテにそう言われて、頷きつつ首を傾《かし》げる。

「うん、美味しいけど……気が付いたらバーベキュー大会が始まっていて驚いたよ。誰が始めようって言ったのかな？」

苦笑しながら確認してみると、アルテは目を瞬かせて僕の顔を見た。

「え？　ヴァン様がバーベキュー大会をしようかなと仰《おつしや》ったと聞きましたが……」

驚いた様子のアルテの言葉を聞き、曖昧に頷きながら口を開く。

「あ、あぁ……そうだったね。そうか、気を利かせてバーベキュー大会を企画してくれたんだね」

何度か頷きつつ、よく焼けたお肉を口に運んだ。

うん、美味しい。やはりヴァン君の特製ダレが一番だな。


それから、毎日溜まっていた仕事をこなした。

「ヴァン様！　新しい住民が千人増えて家が足りません！」

「ヴァン様！　ドワーフの方々がオリハルコンの武器を作りたいと騒いでいます！」

「ヴァン様！　魔獣の素材の売却が間に合いません！　商業ギルドが、こちらにギルドの人員を派遣して素材の仕分けや運搬を手伝いたいと言ってくれています！」

そんな様々な要望や意見が舞い込み、てんやわんやで処理していく。

「家は三人以上の家族なら一軒家かな？　一人か二人なら申し訳ないけど集合住宅でも良い？」

「ラダヴェスタさんから鉱石もらってないよね？　え？　あるの？　じゃあ、格好良い槍《やり》が欲しいって伝えておいて」

「商業ギルドの人が手伝ってくれるのは有難いけど、お給料はいくらかな？　え、毎月金貨一枚？　高っ！　金貨一枚で二人お願いしよう。ダメならメアリ商会にも話を持っていくよってアポロさんに手紙を送って！」

　こんなノリで、なんと三日間走り回った。食事休憩くらいしか出来ていないのに、夕食後は笑顔のディーと無表情なエスパーダから剣と学問を習う。

　もう、寝る頃にはヘロヘロである。

「つ、疲れた……イェリネッタ王国の要塞攻略に残れば良かった……」

　貸切にしてもらった大浴場で半ば浮くようにして湯に浸《つ》かり、呟く。

「お疲れ様です」

　律儀にカムシンが一礼しながら労《ねぎら》ってくれた。泣きそうである。

「後は……アプカルルさん達から出た水中の居住施設建設依頼と、ベルランゴ商会の倉庫追加建設依頼。あ、まだセアト村内の道を増やしてほしいっていうのもあった」

　やらなくてはいけないことを指折り数えていく。泣きそうである。

「水中の建物……どうせなら湖底神殿とか作って遊びたいけど、潜って建物作るって難しいよね。金魚鉢みたいなのを被《かぶ》ってラダプリエラちゃんに引っ張ってもらうとか……いや、絶対に悪戯《いたずら》されるから止《や》めておこう」

　ぷかぷか浮きながらブツブツ呟いていると、カムシンがハッとした顔になった。

「そういえば！　エスパ騎士団の方から冒険者の町の拡張依頼が上がっていました！」

「えぇ……!?　そんな簡単に町の拡張なんて言わないでよぉー！　一、二週間は掛かるんだからね!?」

「……一、二週間で出来ることが驚くべきところですよね」

　プリプリしながら文句を言うと、カムシンからは呆《あき》れた表情が返ってきた。

　文句を口にしつつも、頭の中で地図を広げる。

「……う～ん。街道の上に冒険者の町を作ったからなぁ。ウルフスブルグ山脈の手前の森もあるし、他の方角はちょっと傾斜がある土地なんだよね。作るなら地面の整地からかなぁ……」

　と、再度ぷかぷか浮きながらぶつぶつ呟いた。それにカムシンがまたもハッとした顔になる。

「そういえば、ヴァン様！　ウルフスブルグ山脈手前の森から木々を伐採してきたので、かなりの土地が開拓されました！　こちらの方向に町を拡張してはいかがでしょうか？」

　そう言って、空中で指や手を駆使して、カムシンが土地の空き状況を説明し始める。

「ここがセアト村で、ここが冒険者の町だとすると……ここ！　この辺りはもう木々が一切ありません！」

「へ、へぇ……じゃあ、作れちゃうねぇ……」

「はい！」

カムシンの説明を聞きながら、僕は悲しみに暮れたのだった。

ちなみに、お風呂上がりのティル特製冷たい果実水はとても美味しかった。


とりあえず、急ぎの案件であるベルランゴ商会の倉庫はササッと作って対応した。今回は地下室も作ったので、土地問題にも貢献している。

「これで暫《しばら》くは素材は大丈夫だから、その間に商業ギルドとの話をまとめようね。その辺はベルランゴ商会に任せるから」

「分かりました！」

ランゴが喜んで元気な返事をした。

「ありがとうございます。他にもヴァン様にお願いしたいことがあるのですが、もし良かったら今から……」

そこへ、タイミングを見計らった様子でベルが口を挟む。丁寧だが、目は血走っている。なんとかお願いを聞いてもらおうという気配がするが、今回は僕も忙しい。

「あ、ごめん。今から町を拡張するから」

「え？」

「町を、今から……？」

さらっと口にしたお断りの理由に、二人は一瞬目を丸くして僕の言葉の一部を反芻《はんすう》し、顔を見合わせた。

そして、すぐにこちらに向き直る。

「ど、何処《どこ》に!?　冒険者の町よりも手前ですか!?」

「あ、新しい敷地が確保出来ましたら、是非ともベルランゴ商会に！」

大興奮で距離を詰めてくる二人。どうやら商人魂が刺激されたらしい。

「冒険者の町をウルフスブルグ山脈側に拡張だよ。とりあえず、城壁の一部を解体して町の大きさを二倍くらいに広げようと思ってるけど」

「二倍！」

「二倍！」

二人のテンションも何故か二倍になった。まぁ、セアト村を訪問する冒険者も人数がどんどん増えているからね。住民の増え方は一ヶ月で五百人ずつくらいだけど、冒険者は下手をしたら一ヶ月で千人増えることもある。もちろん、依頼で来ている場合はその後すぐに次の町へ向かってしまうが、一度来てくれた冒険者は再びセアト村を訪れる割合が高いらしい。

結果、平均滞在人数は右肩上がりで増え続けることとなった。

ちなみに、近隣の村の住民はもう大半がセアト村の新規住人となっている。仕事もいっぱいあるし、家もあるので皆大満足のようだ。

そんな状況下の為、ベルランゴ商会は恐ろしいまでの勢いで成長するとともに、深刻な人材不足でもあった。

ベルランゴ商会は色々と困っているのだ。

しかし、ヴァン君も困っている。忙しさのあまり、分身の術を習得した方が良いかと本気で考えるくらいなのだ。

だが、残念ながら分身の術の習得方法が分からない。

なので、今の状態で出来ることは優先順位をつけて仕事をこなすことくらいである。

「とりあえず、冒険者や行商人の人達が三千人は滞在出来るようにしようと思ってるんだ。それにもうすぐ陛下達が帰ってくるだろうからね。その時の為にも、町を拡張しておかないと」

「むむむ、そう言われてしまうと何も言えませんね……それでは、後日お話をお願いいたします」

「はいよー」

軽く返事をしてからベルとランゴに別れを告げた。

その後、カムシンを連れて現地の調査を行う為に、町の外へ出る。すると、後方から走ってくる一団が現れた。

「ヴァン様！　お待ちを！」

その声とともに現れたのは、ボーラが率いる機械弓部隊である。なんと、騎士団最年少のポルテちゃんも一緒だ。急ぎで人を集めてきたのか、十人ほどで機械弓と短剣のみの軽装だった。

「町の外は危ないので我々が護衛いたします！」

健気《けなげ》にもそんなことを言ってくれるボーラを見て、嬉しい反面心配にもなる。

「いやいや、みんなも長い行軍で疲れてるでしょ？　休んでいていいから」

そう言うと、ボーラは呆れたような顔でこちらを見た。

「ヴァン様こそ、帰ってからずっと休んでないって聞いてますよ。村の人達だけでなく、冒険者の人まで心配してるんですから」

「え？　そんなに心配されてるの？」

ボーラの言葉に驚いて聞き返す。困ったなぁ、やっぱり人気者だから仕方ないのかな。

そんなことを思って照れていたのだが、ボーラは至極真面目な顔で頷いた。

「もちろんです。ヴァン様が倒れてしまったらセアト村は終わりですから。建物も武器もまだ自分達で作ることは出来ていません。やはり、ヴァン様がいてこそのセアト村です」

凄《すご》い笑顔でボーラはそんなことを口にする。僕はそっと「僕の価値は物作りだけなのね」と傷ついていたが、それは言葉にはしなかった。そっと枕を涙で濡《ぬ》らすとしよう。

「……じゃあ、みんなも付いてきてもらおうかな」

「はっ！」

溜め息混じりにそう告げると、ボーラ達はきちんと正しい姿勢で敬礼をした。ポルテちゃんもそうだが、なかなか堂に入ってきている。訓練の成果だろう。

ただし、次は僕の心のケアにも気を遣ってもらいたいものである。

ヴァン君は褒めると伸びる子なのだ。


現場に行ってみると、確かに以前は森だった部分の多くが伐採されていた。樹木の根っこ部分のみがポコポコと地面に残っているのを見ると、本当に林業の現場に来たような感覚になる。

とはいえ、その範囲は思った以上に広い。

「……こんなに木を伐採していたなんて、自然破壊も良いところだね」

そう呟くと、カムシンが首を傾げた。

「自然破壊、ですか？　木なんて何処でも生えてますが……」

不思議そうにそう言うカムシンに、なるほどと頷く。確かに、この世界は人間の数が少ないのか、自然が豊か過ぎるくらいだ。深い森や山を横目に見ながら長い道を移動して、ようやく人里に辿り着くのが普通である。

隣町に行ってくると言って何日後、下手をしたら何週間後に帰るか。そんな世界だ。

そう思うと、セアト村周辺の森林が禿《は》げ上がったところで大した問題ではないかもしれない。

「……うん、気にしないでおこうか」

自分を納得させるようにそう呟き、伐採現場を再度確認する。

冒険者の町は街道に沿うように作っているので、ウルフスブルグ山脈側に拡張すると少し変な形になりそうである。上から見ると不《ぶ》恰好《かっこう》なL字のようになるだろう。

困ったぞ。

「どんな風にしようかなぁ」

頭を悩ませながら木の根っこを眺める。すると、隣に立つカムシンが難しい顔で唸《うな》った。

「……そうですね。戦いに有利なのは高所ですが……」

「防衛の話？　本当、カムシンは戦いに意識が向くんだね」

カムシンの思考は男の子らしいなぁ、などと思って笑っていたが、不意に脳内に新しいイメージが浮かぶ。

確かに戦場は高所の取り合いになることが多い。上から弓矢を射たり投石を行ったりすれば、下にいる者達は反撃することも難しくなる。ちなみに武器を用いた近接での戦いでも、相手の方が少し高い場所にいると戦い辛《づら》くなるものだ。

ならば、カムシンのアイディアはとても良いものかもしれない。

問題はセアト村が近くにあることだが、それに関してはあくまでもセアト村を主として考える為、冒険者の町を防衛ラインとして使えるようにすれば良い。

つまり、セアト村の方向には攻撃出来ないようにしつつ、街道側やウルフスブルグ山脈側には高い攻撃力を保持させれば良いのだ。

そうと決まれば、後は形状と高さである。

「……冒険者の町の壁を二十メートルくらいの高さにしようか。セアト村の方角は城壁を五メートルくらいにすれば、占拠されてしまったとしても大丈夫だよね。後は形だけど……」

開拓した部分を出来るだけ広く使うと勾玉《まがたま》を変形させたような形状になる。それだと少し変な気もするし、出来たらセアト村に合わせて形を凝ってみたい。

と、そんなことを考えていると、なんとなく閃《ひらめ》いた。

セアト村は六芒星《ろくぼうせい》なので、冒険者の町は月のような形にしよう。三日月だ。トルコやマレーシアなど月と星を国旗にする国は多い。しかし、町の方を月と星の形にした人はいないだろう。

「よし。測量しよう」

僕はそう口にすると、早速ボーラ達を振り返る。

「それでは、これから町づくりの為の準備をします。まずは、簡単に地図を作ってみましょう」

「は、はい！」

ボーラ達はよく分からないまま元気に返事をした。まさか、この手伝いがかなり大変な作業だとは夢にも思うまい。

「うーん、もう少しボーラさんの位置が右かな？　後、全体的にもっと大きく……いや、壁を目印の外側に配置したら良いか」

「ボーラさん！　もう少し右に移動してください！」

上からの景色を眺めながら気になることを口にすると、カムシンが大きな声で地上に向かって指示を出す。

それに、地上で鉄の丸い盾を掲げるボーラ達が素早く応えていた。

とりあえず、拡張予定の最も遠い場所に二十メートルの城壁の一部を作製し、その上から機械弓部隊の皆に目印代わりに所定の位置に立ってもらっているのだが、思っていたより難しい。

微妙な距離感にしてもそうだが、上手《うま》く綺麗《きれい》な弧を描けないのだ。

「少しお尻の方が小さくなってしまっている気がしますね」

「え？　あ、本当ですね……実際に壁が出来たらまた違う感じになるのでしょうか」

と、後からお茶とお菓子を持って様子を見に来たアルテとティルが感想を述べた。最近、アルテが自分の意見をきちんと口に出来るようになった気がする。

「そうだよね。真上から見ているわけじゃないから、遠い距離にあるところは少し大きさの感覚が変になっちゃうんだよ。どうしようかな。もう十人か二十人くらい人を集めた方が良いかな？」

お茶を受け取りつつ、頭を悩ませる。もう一時間も掛かって測量しているから、流石にボーラ達が可哀想《かわいそう》だ。そんなことを思っていると、地上から大きな声が響いてきた。

「なに？　誰か僕を呼んでる？」

真下を覗《のぞ》き込もうと思ったが、二十メートルの城壁から顔を出すのは怖い。まだ柵も作っていないので、匍匐《ほふく》前進のような体勢になって縁から顔を出してみた。

「ヴァン様！　お手伝いはいりませんかー!?」

「あれ？　ディー？　なんでここに？」

地上にはディー率いるアーブ、ロウの騎士団が二十名以上集まっている。行軍から帰って交代で一週間のお休みをとるように伝えていたのだが、何故か全員軽装の鎧《よろい》を着て集結していた。

と、ディー一人の姿が消えた。

「ヴァン様！」

「うわぁ！　びっくりした！」

ちょっと目を離した隙に、ディーが頂上まで登ってきていた。僕は地面に這《は》いつくばった格好のまま驚きの声を上げる。

「はっはっは！　階段上がりも良い訓練になりそうですな！　今度の城壁作りでは階段を多く作ってもらいたいものですぞ！」

「え？　訓練に利用するの？」

訓練馬鹿のディーが良く分からないことを言い出したので、頭の中でそっとエレベーターの設置を考慮しておく。僕がやらされたら倒れるまで昇降させられそうだ。

「まぁ、何はともあれ、ディー達が来てくれて良かった。ちょっと手伝ってくれるかな？」

そう尋ねると、ディーは笑いながら頷いた。

「お任せください！　セアト村の防衛はエスパーダ殿に頼んできましたので、お時間も気になさらず！」

「それは助かるよ」

やる気満々のディーに苦笑しつつ、休みを返上して手助けに来てくれた皆に心の中で感謝する。

僕は、本当に良い仲間に恵まれたと思う。

最終章 ★ また呼ばれちゃった

それから一週間。町の新たな外壁は完成した。外壁は見事な弧を描いており、我ながら良く出来たと思う。測量が終わってからはエスパーダが手伝ってくれたので、順調過ぎるくらい順調に壁を建設することが出来た。

さぁ、冒険者の町の従来の壁を撤去して新しい建物の配置を考えよう。町並みを考えるのも楽しいので、ワクワクしながら必要な建物や設備について検討する。

そんな時に、早馬が来た。

「ヴァン様！　イェリネッタ王国との国境より早馬が来ました！」

「え？　もう勝ったのかな？　もしかして、死人が出るのを覚悟で要塞を攻略したんだろうか。それも複雑だなぁ」

「どうでしょうか。内容はまだ聞いておりませんが」

カムシンとそんなやり取りをしながら早馬の報告を受けに移動する。だが、実際にその場に行ってみると、報告を持ってきた騎士の様子がおかしいことに気が付いた。

どうやら、あまり良い報告ではないらしい。

「ヴァン男爵、陛下より書状を承っております」

「ありがとうございます」

跪《ひざまず》く騎士から書状を受け取り、中身を確認する。

内容を全て確認して、更にもう一度読み直す。

「……ん、んん？」

思わず、そんな声が口から出た。

「……な、何が書かれていたんですか？」

カムシンが不安そうに尋ねてくる。それに軽く頷《うなず》きながら、口を開いた。

「……どうやら、勝つには勝ったみたい。ワイバーンだったり中型の竜だったりが出たりはしたらしいけど、国をあげて一流の魔術師を揃《そろ》えているからね。ちゃんと撃退出来たみたいだよ。ただし、かなりの激戦になったらしくてね。要塞は壊滅状態になってようやくイェリネッタ王国側の軍が退却したんだって」

「なるほど。では、戦勝報告ですね」

「いや、それが……」

カムシンの言葉に曖昧に返事をしつつ、もう一度書状の中身に目を落とした。

「どうやら、その要塞を再利用するつもりなのかな？　もう戦場ではなくなったから、何とか僕に出てくれないかって依頼が来ているんだ」

「要塞を、修復してほしいということですか？」

少し怒ったような顔のカムシンに、首を傾《かし》げる。

「どうしたの？」

聞くと、カムシンは早馬で報告に来た騎士の顔を一瞬見て何かを躊躇《ためら》ったが、すぐに真剣な顔でこちらに振り返った。

「……いくら陛下といえど、あまりにヴァン様に気軽に依頼をし過ぎているかと思います。道も作り、休む為《ため》の拠点や砦《とりで》も作ったのに、また……」

カムシンが悔しそうにそう呟《つぶや》く。それに、騎士が目を見開いて驚愕《きょうがく》する。確実に不敬罪だ。これは流石《さすが》にまずい。僕は慌ててカムシンの肩に手を置き、宥《なだ》めた。

「だ、大丈夫だから。カムシン、落ち着いて……陛下が頼ってくれるのは有難いことなんだよ。何か僕じゃなければ出来ないことがあるから呼ばれたんだろうし、要塞の規模次第だけど、たぶん一ヶ月か二ヶ月で修復も終わるさ」

そう言って笑い返して、次に騎士に目を向ける。

「ちょっと、僕の従者が変なこと言っちゃったけど、陛下に文句を言ったわけではありませんよ？主人への愛に溢《あふ》れちゃってて……ヤンデレ気味なんですよ」

乾いた笑い声を上げつつフォローしてみると、騎士は何とも言えない顔で首肯をしてくれた。なんとか黙っておいてくれると嬉《うれ》しいのだが……。

そうだ、賄賂を渡そう。

「あ、騎士さんはご報告、お疲れ様でした。すぐに浴場と食事を準備しますので、どうぞ。カムシン、案内してあげて」

「分かりました」

すぐさま騎士へ恩を売りに行く。カムシンも納得をしているのかは分からないが、一先《ひとま》ず礼儀正しく一礼して騎士を連れていってくれた。

カムシンは僕のことを好きすぎるのが問題である。モテる男は辛《つら》いのだ。

と、間の抜けたことを考えつつ、すぐにディーとエスパーダを召集して相談をすることにした。


「……ってことなんだけど」

簡単に書状の内容を説明すると、ディーとエスパーダは難しい顔で押し黙った。

あれ？　深刻な内容ではないよね？

困惑しつつ、二人が口を開くのを待つ。そうしていると、二人はまるで合図をもらったかのように揃って顔を上げた。

そして、お互いの顔を見る。

「……素直に、要塞の修復を依頼していると思うべきですかな？」

ディーが尋ねると、エスパーダは顎を引いて唸《うな》った。

「要塞が大きく崩れたとしても、せいぜいがスクーデリア王国側の城壁が崩れているくらいでしょう。要塞を占有するにしても、イェリネッタ王国側の城壁や建物があるならば問題ありません。それらを踏まえると、考えられることは二つです」

「二つって？」

思わずエスパーダの言葉の続きを催促してしまう。話し上手さんめ。エスパーダの話術を羨んでいると、エスパーダは咳払《せきばら》いをして言葉を続けた。

「まず一つ目は、ヴァン様の功績作りです。傍目《はため》から見ても、陛下はヴァン様を重用しております。要塞の修復やバリスタの設置を行わせて、大きく功績として取り上げようとしている可能性があります。その場合、間違いなく子爵以上に爵位を上げていただけるでしょう」

「……二つ目は？」

微妙な気分で話を聞きつつ続きを促す。

「……要塞はセアト村から向かうのが一番早く辿《たど》り着けます。もしかしたら、そこから切り崩したイェリネッタ王国の領土をヴァン様への褒賞とするつもりかもしれません」

「えぇーっ!?」

エスパーダの言葉に、僕は思わず声を上げてしまった。この話し上手さんめ。

「そりゃあ、貴族としては土地が増えることが一番かもしれないけど、僕に関しては違うからね？

僕はもう今の領地で大満足だよ？　だって、今となっては温泉だけじゃなくて旅館に料理屋さんまで出来たからね。商店も毎月一軒ずつ増えているくらいだし、なにせ湖もあるんだよ？　ボートにも乗れるし、後はもうケーキ、クレープ、アイスクリーム、ベルギーワッフルの店が出来たら文句ないから……いや、美味《おい》しいパン屋さんとラーメン屋さんを忘れてた」

現状に満足していると伝えたかったのだが、話している内に色んなスイーツを食べたいという想《おも》いが溢れてしまった。美味しい食べ物は人生の潤いである。

あ、あとカレーも食べたい。思い出したらどんどん食べたくなる。

そんなことを考えていると、エスパーダが難しい顔で顎に手を当てて考え込んだ。

「あ、いやいや、そんな本気で文句言っているわけじゃないからね？　まぁ、陛下に土地をあげるよって言われたら一回遠慮はしてみるけど」

そう告げると、エスパーダは軽く頷いて口を開く。

「……いえ、ヴァン様の要望についてですが、もしかしたら丁度良いのかもしれません」

「へ？　何が？」

聞き返すと、エスパーダは至極真面目な顔で頷いた。

「イェリネッタ王国は、中央大陸との交易をしやすい環境にあります。そして、中央大陸では食文化が大きく進んでいると言われています。つまり、調味料や素材などもイェリネッタ王国の方が豊富に揃えることが出来るのです」

「……その話、ちょっと詳しく聞かせてくれる？」

装甲馬車《ウォーワゴン》十台で素早くイェリネッタ王国との国境まで突き進み、要塞の周辺で復旧作業を行っているスクーデリア王国軍を発見した。どうやら、壁や建物は諦めているらしく、地面に散った破片の片づけや、敵兵と馬、ドラゴンの死体の移動などを行っているらしい。

かなり激しい戦いになったのだろう。地面の形や色が大きく変わっている。

「ヴァン・ネイ・フェルティオ男爵のご到着です！」

僕が要塞の入口にいる兵士に声を掛けると、兵士は大音量でそう叫びながら走っていった。え？付いていけば良いの？　それとも待っておけば良いの？

逸《はや》る気持ちを抑えながら辺りを見て様子を確認していると、要塞の奥の崩れていない建物から陛下や他の貴族達《たち》が姿を見せた。

「おお！　よくぞ来たな、ヴァン男爵！　お陰で危なげなく要塞を攻略することが出来たぞ！」

両手を広げ、上機嫌極まりない陛下が歓迎の言葉を投げかけながら歩いてくる。そして、その後ろでは笑みを浮かべるフェルディナット伯爵やパナメラ子爵、苦虫を噛《か》み潰したような顔のマイダディの姿もあった。

ディー、カムシン、アーブとロウを引き連れて、陛下へ深く一礼する。

「この度は、重要な戦いでの勝利。おめでとうございます。陛下が勝利なさることを信じて待っておりました」

「お、おお。いつになく殊勝な態度だな？　もしや、二度も呼びつけて怒っておるのか？」

丁寧に挨拶をしただけなのに、陛下が何故《なぜ》か妙な深読みをしてきた。僕は笑顔を貼り付けて首を左右に振る。

「いえいえ、素直に陛下の勝利を心から喜んでいるだけでございます」

「むむ……なにやら妙な迫力があるが、言葉通りに受け取っておくとしよう」

若干引きながら、陛下はそう言った。失礼な。忠臣アピールして国境に関わる土地をもらおうなんて少ししか思っていない。さぁ、早くこの土地を寄越《よこ》せ。

輝くような笑顔でニコニコしながら陛下を見ていると、後ろでパナメラが笑いを我慢して風船の空気が抜けるような音を立てた。まったく、不審な態度である。もしや、この土地を狙っているわけではあるまいな。良かろう。その場合は真っ向からジャンケン対決である。

と、変なテンションのまま下らないことを考えていると、陛下が咳払いをして要塞を見回した。

「ヴァン男爵にわざわざ来てもらったのは他でもない。この要塞を見てもらったら分かるように、先の戦いで随分と崩れてしまった。今後、イェリネッタ王国は重要な防衛拠点の中間地点となるこの要塞を奪取する為に、多くの戦力を割いてくるだろう。それこそ、中央大陸に援軍を求める可能性もある。それを考えたら、この要塞はどの防衛拠点よりも強靭《きょうじん》なものとしなくてはならない」

陛下はそう言って、視線を僕に向けた。

「イェリネッタ王国がどれほどの速度で戻ってくるかは分からん。危険な現場となろう……だが、これは我が王国にとって最重要な案件となる。ヴァン男爵、引き受けてくれるか」

「はっ！　このヴァン・ネイ・フェルティオ！　身命を賭して最強の要塞を築いてみせます！」

即答である。陛下が言い終わるのを確認して、即座に了承の意を示した。忠臣ポイントを百ポイントはゲットした筈《はず》だ。

「……おお、おお。まさか、それほど簡単に引き受けてくれるとは思わなかったぞ。その献身的な働き、しかと覚えておくとしよう」

ヴァン君のあまりにも高い忠誠心に陛下も驚きを隠せないようだった。それだけ言って軽く頷いてから、後方に控える貴族達を振り返る。

「聞いていたな、皆の者！　これより、半数はこの地に残って要塞の復興と強化を行う！　功績と褒賞については後日、王宮にて発表するとしよう！　良いな？」

「はっ！」

陛下が今後の方針を告げると、皆が揃って返答した。もう役割を決めていたのか、それぞれが素早く動き出す。

その様子を横目に、陛下とパナメラがこちらに近づいてきた。

「……それで、何を企《たくら》んでおる？」

陛下がそう聞いてきたので、忠臣ヴァン君は首を左右に振って答える。

「企むだなんて、そんな……わたくしは陛下の為に身を粉にして働く所存であります」

「えぇい、こそばゆい！　正直に申せ。面倒なことは面倒と表情に出すのがお主であろう。特に戦場は大嫌いな筈だ」

遂《つい》に、陛下は身震いしながらそんなことを言ってきた。失礼な。ポーカーフェイスがヴァン君の特技である。

さて、どう答えようか。一旦考えて答えようとしていると、パナメラが含みのある笑みを浮かべて口を開く。

「恐らく、陛下に何かお願いしたいことがあるのでしょう。それゆえ、このように忠誠心を示してみせているのだと思います」

パナメラがそう言うと、陛下はなるほどと頷いた。

「そういうことか。しかし、あまりにもいつもと違うから調子が狂うぞ。ヴァン、いつも通り言いたいことを言うが良い」

陛下は眉根を寄せてそんなことを言った。その言葉に、仕方なく正直に心情を吐露することにする。

「陛下。ここに城塞都市を作るので僕にください」

「お、おお……思った以上に素直になったな」

素直になれと言うからなったのに、陛下はまたも眉根を寄せて微妙な顔をした。一方、パナメラは不敵に笑って城塞都市を指さした。

「自他共に認める戦争嫌いが、何故この要塞には拘《こだわ》る？　少年ならこの場所がどれだけ激しい戦場になるか理解しているはずだ」

そう言われて、超素直状態のヴァン君は正直に答える。

「中央大陸から、珍しいものを手に入れる為です。その為には、是非とも陛下にイェリネッタ王国の湾岸部を占領していってもらわなくてはなりません。陰ながら、この場所を難攻不落の城塞都市にして手助けさせてもらえたらと思っています」

ケーキ、クレープ、カレーライス……頭の中で欲しいものを思い浮かべていた僕は、無意識に笑みを浮かべていた。それをどう勘違いしたのか、陛下とパナメラは目を鋭く細めて猛獣のように獰《どう》猛《もう》な笑みを浮かべる。

「……そうか。地位も財も求めぬ者をどう動かせば良いかと思っていたが、簡単な話だったな」

「少年にとっては戦争の矢面に立つことよりも、まだ見たことのない物を見たいという探求心の方が上だったか」

二人は若干何かを勘違いした様子でそれぞれ納得して頷く。いやいや、ヴァン君は美味しい物が食べたいだけなのです。新しい物は食材だったり調味料だったりなのです。

そんなことを思って二人の顔を見上げると、二人は凄《すご》みのある笑みを浮かべたまま深く頷いた。

「……どんな新しい兵器が出来るのか」

「楽しみですね、陛下」

二人はそんなことを言って笑い合ったのだった。

「いやいや、僕は武器商人じゃないですからね。辺境の小さな村の領主なんですから」

慌ててそう告げるが、二人は声を上げて笑い取り合ってくれなかった。

番外編 ✿ 一つの頂

ウルフスブルグ山脈は大小さまざまな山が連なっている。中心に近い方が標高が高いことは間違いないのだが、端の方であっても時折、塔のように尖《とが》った高い山などが現れることがあった。先行している王国軍はすでに山中の四分の一ほどの位置まで進むことが出来ているが、ヴァン達《たち》を含むセアト村騎士団はまだウルフスブルグ山脈に入って二日目だ。

大型の魔獣の通り道なのか、山中にはちょうど馬車一台から二台ほど通れる獣道がある。殆《ほとん》どは背の高い木々と険しい山の切り立った壁のせいで、空すらも切り取られたように僅かにしか見えなかった。

だが、不意に荒れた上りの坂道の向こう側に、広い空が広がって見えた。澄んだ青い空が目に入った瞬間、気分も晴れやかになった気がした。

「……ウルフスブルグ山脈はあの丘の先まで、なんてことはないよね？」

冗談交じりにそう言うと、ティルが苦笑して首を左右に振る。

「そんなことはないと思います」

「そうだよね」

ティルの返事に乾いた笑い声が出る。まだ山の中の行軍は始まったばかりだというのに、若干うんざりしているヴァン君がいた。なにせ、お尻は痛いし景色は木と山の斜面、崖ばかりである。食事はティル達の頑張りでとても美味《おい》しいのだが、流石《さすが》に飽きてくる。武器作りでもしようかと思ったが、荷物を増やしたら馬に負担がかかるし、肝心の行軍が遅くなってしまう。

もう何百本かも分からない木々を横目に、丘の上に広がった空へ視線を移した。

「とりあえず、一日ぶりの青空だし、休憩出来そうな場所があったら休憩しようか」

そう告げると、アルテが嬉《うれ》しそうに頷《うなず》いた。

「良いですね。良い景色を見ながら休憩出来たら、それだけでとても楽しくなりそうです」

アルテの言葉にカムシンもそっと頷いている。どうやら、皆も同じ気持ちだったらしい。僕達の反応を見て、年長者のティルが微笑《ほほえ》む。

「少し時間が掛かりますが、美味しい紅茶を淹《い》れますね」

ティルがそう口にすると、カムシンが立ち上がった。

「それでは、ディー騎士団長に休憩のことを伝えてきます」


丘の上に着くと、丁度良いことに休憩用のテントを設営出来るような広い空間があった。大型の竜かワニが寝床にしていたかのような形だが、それは気にしないでおこう。とりあえず、テントを設置出来るなら休めるということだ。

　そんなことより、今は目の前に広がる景色である。

「まさに、大パノラマ」

　そんなことを呟《つぶや》きながら、視界一杯に広がる空を眺めた。視界の中には、僕達がいる場所よりも高い山は無い。各山の頂上を見おろす形で気分が良い。更に奥を見れば濃い緑の地平線と細い線のようになった河川も見える。美しい大自然だ。振り返れば山の斜面と、その向こうにはもっと高い山々がまた広がるのだが、ウルフスブルグ山脈の中心から外を見る形で立てば絶景という状況である。

　セアト村騎士団の皆も同じように景色の良い方向を向いて立ち、テントを準備していた。ちなみにテントは一時的な休憩用に考案したヴァン君特製の簡易テントである。簡単に素早く日陰を作ることを目的としている為《ため》、頑丈さなどには不安が残る。しかし、組み立てと設置は驚くほど早い。

　また、良い商品を作ってしまった。

　心の中で自画自賛していると、ディーが難しい顔をして横に来た。そして、休憩場所として選んだ広い空間を眺める。

「……大型の魔獣が休みに来そうな場所ですな。地面の跡を見る限り、夜はここを寝床にしているのかもしれませんぞ。あまり長い休憩は取らぬ方が良いかと思います」

「うわ、やっぱり？　討伐しても良いけど、素材を持って帰れないからね。休憩は短めにしようか」

苦笑しながらそう答えると、ディーは腕を組んで唸《うな》った。

「……そうですな。我がセアト村騎士団ならば大型の竜とて討伐可能でしょう。しかし、場所が悪い。身を守る壁も無く、対象が一体とは限らない状況ですからな。このディーの経験では、山中で魔獣と戦うのは出来るだけ避けた方が良いと考えます。深い山の中を棲《す》み処《か》にしている魔獣達を相手にすると、思いもよらぬ形で不利になることがあるものですぞ」

と、ディーは剣を教える時のような態度で説明をしてくれた。これは必要な知識を教えようとしてくれているのだろう。きちんと聞かねばならない。

「もし、大型の魔獣に突然出くわしたらどうするの？」

そう尋ねると、ディーは不敵に笑った。

「このディーがいたならば必ず足止めしてみせましょう。いなかった時は、まずはお逃げください。必ず敵の数を確認し、一体ずつと戦える状況を作るべきです。街道にあぶれて出てきた魔獣と、森の中の魔獣はそれくらい違うということを忘れないようにしなくてはなりませんぞ」

「うん、分かった」

返事をして、何となく周囲を見回す。もし魔獣が突然現れたらと思って怖くなったのだ。それに気が付き、ディーは歯を見せて笑った。

「わっはっはっは！　ご安心くだされ！　今は周囲の警戒を行っておりますし、なにより、このディーが目の前におりましょう」

自信に満ちた笑顔を見せて、ディーが自らの胸を指さした。その姿はまさに経験と実力を備えた騎士らしい威風堂々とした立ち姿である。

「ディーは頼りになるね」

そう告げると、ディーは呵々《かか》大笑《たいしょう》して片方の腕を振ってみせた。

そこへ、紅茶とお菓子を持ったティルとアルテが現れる。二人の後ろには周囲を警戒するように目を細めるカムシンの姿もあった。

「お茶をお持ちいたしました。ディー様もいかがですか？」

ティルが声を掛けると、ディーは片手を振って断る。

「いや、中年がいては邪魔だろう。周囲の警護へ戻ろうと思う」

「そうですか？　皆、ディー様がいると嬉しいと思いますが」

ティルが柔らかく微笑みながらそう答えると、ディーは照れくさそうに笑いながら背を向けた。

「いや、良い。またの機会にお願いしよう」

「はい、分かりました」

そんなやり取りをして、ディーはこの場を去った。その背中を見送ってから、アルテ達に椅子を勧める。

「皆も座って食べよう」

そう告げると、皆は即席のウッドブロック製ベンチに腰掛けた。

「はい、ありがとうございます」

そんな返事をしてアルテがベンチに座り、その隣にティルが紅茶とクッキーなどのお菓子の入った木製のバスケットを置いた。ちなみに僕の隣にも同じものが置かれている。

と、僕とアルテの準備が整ったと思ったら、ティルとカムシンは立って一歩離れた場所で動かなくなった。

「カムシンとティルも座ったら？」

そう言ってみたものの、二人は動かない。

「いえ、私はここで大丈夫です。ヴァン様こそ、紅茶が冷める前に飲んでくださいね」

ティルが微笑みながらそう口にすると、カムシンも真剣な顔で頷いた。なんだね、君達。まさか余計な気を遣っているんじゃないだろうね。

色々と勘ぐってみたものの、その話を広げたところで勝つのはティルである。諦観とともにアルテを見た。

「……気になるけど、せっかく準備してくれたんだし、二人で紅茶を楽しもうか」

「そ、そうですね」

なんとなく面映《おもは》ゆい気持ちになりつつ、向き合って紅茶を飲む。気が付けばかなり標高の高い場所に来たからか、気温も下がって少し肌寒い風が吹いてきていた。程よい風と木々や重なり合う葉の鳴る音。視界一杯に広がる澄んだ青い空と合わせて、贅沢《ぜいたく》な空間である。

「……風と葉の音、鳥の鳴き声。まるで自然が奏でる音楽みたいだね。そうすると、この大空は差し詰め舞踏会場かな？　そう思うと、空を飛ぶ鳥達も踊っているように見えるね」

そう言ってゆったりと紅茶の入ったティーカップを口に運ぶ。豊かな香りと飲みやすい爽やかな紅茶の味が口の中に広がった。

ほっと息を吐いていると、アルテが目を細めてこちらを見ていた。

「どうしたの？」

尋ねると、アルテはハッとした顔になってはにかむ。

「あ、いえ、その……ヴァン様は詩人だな、と思いまして……」

と、予想外の評価を受けてしまった。大したことは言ってないが、九歳が口にしたと思えば十分詩的な表現だったのだろうか。セアト村一番の詩人はヴァン君かもしれない。

「なんとなくだよ」

偉大な詩人の卵は謙遜を忘れない。そんな気分で返事をして、クッキーを手に取った。最近、ティルのクッキーは更なる進化を遂げている。

今回のクッキーも実に美味しそうである。

「いただきます」

期待に胸をときめかせながら口に運び、ひと思いに噛《か》み砕く。軽く砕けるサクサク感と、香ばしい香りと共にバターの風味が口の中に広がる。甘過ぎない味付けだからこそ、飽きずに幾つでも食べられそうな出来だ。

「美味しい！」

今回も良い意味で期待を裏切られた。もはや、これは匠《たくみ》の技である。僕が大満足で一つ二つとクッキーを食べていくと、ティルが嬉しそうに微笑んだ。

「良かったです。今日は少し焼き過ぎたかなと思っていたんですが、味は良かったようですね」

ホッとしたようにそう言うティルに、クッキーを食べたアルテが首を振った。

「いえ、本当にとても美味しいですよ。いつもの少ししっとりした食感も好きでしたが、こちらもサクサクしていて美味しいです」

「美味しい」

ティルの言葉に、カムシンが食べながら同意した。口の周りどころか足元にまでクッキーの破片を零《こぼ》している。

「喋《しゃべ》りながら食べるから、ぼろぼろ崩れてるよ」

僕が注意するとハッとした顔になり、片手に持っていたティーカップを口に運んで中の液体を流し込んだ。

「……んむ、申し訳ありません」

カムシンが素早く口元を拭って謝罪の言葉を告げると、何事もなかったかのように仁王立ちする。

その様子が面白かったのか、アルテがふっと息を吐くように笑った。

「面白かった？」

尋ねると、アルテは目を細めて頷く。

「はい。でも、私も気を抜くと同じようにぱくぱく食べてしまいそうです。ティルさんは本当にお菓子作りがお上手ですよね」

アルテがそう口にすると、困ったように笑いながらティルは僕を見た。

「まぁ、お菓子大好きなご主人様がおりますので」

そんな言葉に、思わず胸の内がそわそわしてしまう。ご主人様。ティルのほんの軽口だろうが、メイド服の少女にご主人様と呼ばれると、何となくオムライスを注文しなくてはならない気持ちになる。

いや、別にいかがわしい意味ではないのだが。

そんな下らないことを思いつつ、自分の名誉の為にも自らフォローを行う。

「僕だけじゃないよ。カムシンだってすごく食べるからね。必ずおかわりしてるし」

と、足の引っ張り合いのきっかけになりそうな情報を流してみた。これで、僕だけが意地汚いというイメージを払拭出来るかもしれない。

そう思って口にしたのだが、ティルは困ったように笑った。

「そうなんですよ。このクッキーも実は二回目ですからね。最初に焼いたクッキーは全て食べられてしまいました」

「……試食をお願いされたので」

ティルの言葉に、カムシンがばつが悪そうに呟く。それには、アルテも我慢出来ずに噴き出した。

「ふっ、あははっ！」

アルテが珍しく声を出して笑っている。これにはティルもカムシンも思わず振り返った。僕は何度か見ていたので、口元に手を添えて笑うアルテを微笑ましい気持ちで眺める。

「二人のやり取りは面白いよね。仲良しだから、安心して見てられるし」

アルテの心情を推測して言葉にすると、楽しそうに笑うアルテが何度か頷いた。

「は、はい……我慢出来ませんでした」

軽く深呼吸して息を整えるアルテ。そして、その様子を物珍しそうに見るティルとカムシン。平和な風景である。

「さて、そろそろ休憩を切り上げようかな？」

そう口にした途端、離れた場所で木々が倒れる音がした。続けて地鳴りのような音が響き、騎士団の空気が一瞬で張り詰める。

「もしかして……」

僕がそう呟いた瞬間、ディーがこちらへ走ってくる。

「ヴァン様！　一旦、後方へお下がりください！」

叫びながら剣と盾を構えて、ディーが僕の前に立った。大きな体躯《たいく》とは思えない素早い動きで斜め前方、斜面の下った先を睨《にら》むディー。前方はまだ先まで確認出来ていないし、木々が生える左右は論外。避難するなら後方しかないということか。

だが、今ここにいるのはセアト村騎士団である。簡単にはやられない。

「ディーも壁になんてならなくて良いからね？　すぐに装甲馬車《ウォーワゴン》を並べよう」

僕がそう告げると、カムシンが素早く各馬車の御者達に向かって指示を行った。僕の言葉を聞いたディーはこちらを振り向かずに頷き、口を開く。

「ありがとうございます。しかし、もうすぐそこですぞ」

「え？」

ディーの言葉に驚いて振り返ると、山の斜面の下から木々をなぎ倒しながら巨大な何かが上がってきた。

「相手はすでに戦闘態勢だ！　心してかかれ！」

ディーが怒鳴りながら大剣を振り下ろす。風を薙《な》ぐ音と硬い物同士が衝突した激しい音が響き渡った。

その一撃で、木々を易々《やすやす》となぎ倒して斜面を上がってきた大型の魔獣が動きを止めた。

現れたのは、巨大なワニである。

「でっか！　大き過ぎじゃない!?」

思わず、そんな陳腐な感想を叫んでしまった。ヴァン君としたことが、コメントに捻《ひね》りが足りない。

と、無意識に現実逃避をしてしまうような威圧感である。巨大ワニは恐らく口の先から尻尾の先までで二十メートルはありそうだった。ワニらしく四足歩行で姿勢も低いというのに、口先の高さがディーの身長ほどもある。

そのワニが大きな口を開けてこちらを睨んだ。

「でっか！　体も口も大きい！」

思わず、再び陳腐な感想が口を突いて出た。いや、だってすぐ目の前で自動車も一口で食べられそうな巨大な口が開かれたら、誰でも現実逃避の一度や二度したくなるというもの。ヴァン君が特別ビビリなわけではない。

「ぬぅりゃあ！」

驚く僕を放っておいて、ディーは横殴りにワニの口を斬りつけた。

血しぶきが舞い、ワニが顔を勢いよく背けて恐ろしく無機質な目をこちらに向ける。とんでもない迫力だ。なにせ、ディーの背中越しとはいえ、すぐ目の前である。ワニもディーを睨んでいる筈《はず》だが、自分が睨まれているかのような恐怖感を感じるのだ。目の前に誰もいなかったら気絶している自信がある。

その時、斜め後ろにまだアルテ達がいることを思い出した。

「カムシン！　二人を馬車に避難させて！」

「はっ！」

命令すると、カムシンは即座に返事をしてアルテ達を引っ張っていく。その間にも、乱入者は獰《どう》猛《もう》な目で獲物を探して牙を剝《む》く。

巨大ワニは人一人分はある大きな腕を伸ばし、再度斜面の上に上がってこようとした。そこ目掛けて、ディーが剣を振り下ろしながら口を開く。

「機械弓部隊！　援護せよ！　他の団員は周囲の警戒だ！　ヴァン様を守れ！」

「はっ！」

ディーの指示に、一斉に皆が返事をして動き出す。機械弓部隊は素早く弓を構え、左右に展開した。他の団員は素早く装甲馬車《ウォーワゴン》の盾を起こして移動式バリスタを使えるように準備を行っている。

素早く、馴《な》れた動きだ。まさに練度のなせる業である。

「機械弓部隊！　団長に当てないように気をつけて構えろ！」

ボーラの掛け声に、一斉に機械弓がワニに向けられた。

「放て！」

合図を送ると、大量の矢がワニに向かって飛来する。これは避けられない。討伐完了だ。

そう思ったのだが、なんとワニは矢の威力を知っていたかのように後退《あとずさ》った。それも恐ろしい速度でだ。まるで斜面を滑り落ちるように下がったワニは、まんまと飛来する矢を回避してしまう。

「くそ！　次の矢を射れるように準備しろ！」

「はっ！」

ボーラが悪態を吐《つ》きながら怒鳴り、機械弓部隊の皆は再度構えなおす。元々連続で発射可能な機械弓だ。次射の準備なども不要である。

しかし、先ほどのワニの動きを見ると、中々簡単に討伐は出来ないかもしれない。もし、ディーが対処出来ないような方向からワニが顔を出したら、ばくりと団員の誰かが食べられてしまうことも考えられる。

「ディー！　一旦、後方に下がろう！」

不安になった僕は迷わず撤退を選択する。だが、ディーは歯を剝くように笑ってみせた。

「はっはっは！　アーブ！　ロウ！　ヴァン様を連れて後退せよ！」

「分かりました」

ディーの指示に、アーブとロウは即答で従う。

「ディーは!?」

一方、僕は驚いて聞き直した。それにディーは横顔を見せて笑う。

「ワニ肉は美味《うま》いものですからな！　ヴァン様に献上いたしますぞ！」

「どっちかというと牛の方が好きだけど!?」

ディーの台詞《せりふ》に思わず突っ込む。というか、ワニ肉って美味しいの？

そんなことを考えながら、アーブとロウに引き摺《ず》られるようにして後方へと下がった。

「ヴァン様！　アルテ様とティルさんは馬車に避難させました！」

カムシンが走って戻ってきた。だが、指示をした僕も避難させられている最中である。

「カ、カムシンも来たから！　二人とも止まって！」

そう告げると、アーブとロウがピタリと足を止めた。

「三人で僕を守るように！　ディーの様子を窺《うかが》って、もし危なそうなら援護に向かうよ！」

ディーの指示に逆らうような命令を発し、三人は一瞬顔を見合わせて動きを止める。そして、真剣な顔で揃《そろ》って頷いた。

「はっ！」

僕の命令に三人は大きな声で返事をして盾を構える。僕を囲むように立ったアーブ達を確認しつつ、丘の上で盾と剣を構えるディーの背中を見守る。

直後、逆光の中、ワニの巨大な口がディーを飲み込むように現れた。恐ろしい光景に背筋が凍るような気持ちになる。しかし、ディーは冷静に盾と剣を上下に動かした。

「ぬぅん！」

上顎を剣で押さえ、盾で下顎を押さえる。だが、どう考えてもワニの咬筋《こうきん》力の方が上の筈だ。そう思ったのだが、ディーはガッチリとワニの動きを止めてしまった。恐ろしい怪力である。

「って、驚いている場合じゃなかった！　皆、ワニを仕留めて！」

「は、はいっ！」

僕と同じように皆が啞然《あぜん》としてディーの背中を見ていた為、慌てて動き出した。機械弓部隊とバリスタを操る騎士達がディーの左右を狙って構える。

「発射！」

準備が出来たと判断してすぐに、僕は号令を発した。直後、二十を超える矢がワニの口に打ち込まれた。矢は一つ残らずワニの口腔《こうこう》内を貫通して後頭部に突き抜ける。

「お、おお……」

自分で作った兵器ながら、恐ろしい威力だ。もちろん、人も飲み込むような巨大ワニでもそんな攻撃には耐えられる筈もなく、白目を剝いて横向きに倒れ込んだ。

「むむ！　流石はヴァン様の矢の威力！　まさか、これほどあっさり討伐が出来るとは」

ワニの顎から解放されたディーは、感心したように倒れたワニの目や頭を確認して呟く。

「いやいや……それよりもあんな巨大なワニと力比べするディーにびっくりだよ」

思わずそんな言葉が口を突いて出た。それにはアーブやロウ、カムシンだけでなく、周りにいたポーラ達まで大きく頷いている。

すると、ディーは肩を揺すって大きな声で笑った。

「わっはっは！　だから言ったではないですか！　このディーが必ず敵を足止めしてみせましょう、と！　これで信じていただけましたかな⁉」

そんな感じで、ディーは上機嫌に笑い続ける。僕は呆《あき》れ半分に苦笑しつつ、首肯する。

「そうだね。流石はセアト村最強の騎士団長だ」

番外編 ✿ 珍味

ウルフスブルグ山脈に入って二週間もすると、かなり奥深くに入ってきたからか、見たことのない生物などを見るようになる。

それこそ、古代の地球で飛んでいたんじゃないかと思われる大きなトンボもいた。大きなと簡単に説明したが、それこそ小型の犬くらいの大きさである。とりあえず、ヴァン君の小顔よりも大きいだろう。

そんな巨大昆虫が、さらっと目の前を横切ったりする。

「ぎゃあ！」

僕がそんな悲鳴を上げたとしても、なんら不思議なことではない。

しかし、そんなごく一般的な反応をする善良な子供を見て、パナメラが声を出して笑う。

「はっはっは！　虫に驚いたのか、少年」

パナメラはただ楽しそうに笑っているだけだったが、どうにも気恥ずかしさを感じてしまい、思わず強がりを口にしてしまう。

「え？　いえ、なんのことやら……僕は虫なんかじゃ驚きませんよ。ふふふ、子供じゃあるまいし、ねぇ？」

言いながら肩を竦《すく》め、すっと華麗にパナメラの方へ振り返った。

直後、目の前にこれまた僕の頭より大きな茶色の蜘蛛《くも》が現れる。

「ぎゃあ！」

超巨大蜘蛛である。恐らく六十センチはあるだろう。僕が悲鳴を上げたとしても、なんら不思議なことではない。

しかし、パナメラには大ウケだった。

「はっはっは！」

腹を抱えて笑うパナメラ。よく見ると蜘蛛は既に死んでおり、蜘蛛の腹部には剣を突き刺したような穴があいていた。どうやら、木の枝から糸をつたって降りてきた蜘蛛を素早く刺し貫いたらしい。素晴らしい腕前だが、蜘蛛の死骸をそのままにするあたり大変性格が悪い。

パナメラの頭の中には何がつまっているのか気になるところだ。いや、脳みそが筋肉だから筋肉がつまっているのか。

巨大蜘蛛のあまりの衝撃で、僕はかなり失礼なことを考えながらパナメラを睨《にら》んだ。

すると、パナメラは目を細めて嬉《うれ》しそうにニヤニヤと笑った。

「なんだ？　怒ったのか、少年」

「怒っていません」

そっぽを向きながら否定するが、パナメラは愉快痛快と笑い出す。

「あっはっは！　なんだ、可愛《かわい》いところがあるじゃないか。まぁ、そうむくれるな。私が悪かった」

軽い口調でそんなことを言ってくるので、一言文句を言ってやろうと振り向いた。だが、目の前にまたも巨大な蜘蛛の腹の部分があり、悲鳴を上げてしまう。

「ぎゃあっ！」

「うひゃひゃひゃひゃ！」

飛び上がって驚いた僕を見て、パナメラは壊れたように笑い出す。この人は生粋のいじめっ子に違いない。

「もう知りません！　今後はパナメラさんには武器も矢も売りませんからね！」

そう宣言するが、パナメラは僕の背中をバシバシ叩《たた》きながら笑うのみである。

「あっはっは！　怒るな、怒るな！　少年の武器が手に入らないと困る！　次回は多めに金を払うから許してくれ！」

謝っているはずなのに、どこか小馬鹿にしたようなニュアンスを感じる。いや、まさに子供扱いをしているということだろう。

ならば、それを利用して言質を取らせてもらうとしよう。

「じゃあ、お値段は今度から二倍にします！　良いですね？」

「あっはっは！　倍とは恐れ入ったな！　せめて五割増し程度にしてくれ！」

「はい、それでは五割増しで決定です。パナメラ子爵の要望での価格改定ですから、後から文句は言わないでくださいよ？」

冗談交じりに答えたパナメラに、真面目に価格改定の決定を伝える。すると、パナメラは目を丸くして瞬きをした。

「……お、おい。冗談だろう？　からかったのは悪かったから、その辺で勘弁してくれ」

少し慌てた様子でパナメラが尋ねてくるが、それに素直に頷《うなず》くわけもない。

「いいえ、許しません。五割増しですからね。決定です」

もう一度念押しするようにそう告げる。パナメラはそれを聞いて頬を引き攣《つ》らせた。

「……せめて、一割増しにしてくれ。今でもかなり経済的に苦しいところだ。こういう戦いの場が無ければ赤字ばかりなんだからな？」

僕が本気であると気付いてか、パナメラは急に真剣な顔になって交渉をしてきた。

それを見て噴き出すように笑い、パナメラの顔を見上げた。

「仕方ないですね。それでは、一割の値上げで許してあげましょう」

そう言って笑うと、パナメラは怪訝《けげん》な顔で頷く。

「あ、ああ……それは有難い、が……」

返事をしながら、ようやくパナメラが違和感に気が付いた。目を細めて、僕の顔を胡散臭《うさんくさ》そうに眺めてくる。

「……まさか、これを狙っていたんじゃあるまいな？」

「え？　何がですか？」

とぼけてみると、深い溜《た》め息《いき》が返ってきた。

「やはり、少年には可愛げなど無かったか。むしろ、小憎らしさしかない」

「酷《ひど》いですよ」

「こちらの台詞《せりふ》だ」

軽く文句を言ってみると、パナメラは口を尖《とが》らせて首を左右に振る。

「まったく……その年齢で大人を操って金を稼ぐとはな。将来ロクな男にならんぞ？」

「領主たるもの、領地を豊かにすることを一番の目標としていますからね。とはいえ、唯一の同盟相手を蔑《ないがし》ろにはしませんから安心してください。それ以外の部分で色々とお手伝いさせていただきます。何でも言ってくださいね」

微笑《ほほえ》みながらそう返事をすると、パナメラは呆《あき》れたような顔をして、すぐに息を吐くように笑ってみせた。

「……そうだな。それじゃあ、私の領地を手に入れる手助けでもしてもらおうか」

くつくつと肩を揺すって笑いながら、パナメラはそんなことを言った。

「え？　そんな簡単なことで良いんですか？」

聞き返すと、パナメラは目を丸くして、今度こそ固まった。それを見て、そういえばパナメラはフェルディナット伯爵の貴族派閥に入っているから、目に見えないしがらみが多くあるのだろうと察した。

「冗談ですよ。中々、領地を持つというのは難しいですよね」

そう言い直して笑うが、パナメラは真剣な目で僕の方に身を寄せてくる。

「おい、少年。誤魔化すな。良い案でもあるのか？」

「なんでですか。僕は九歳ですよ」

「それが誤魔化していると言っているんだ。元から九歳とは思っていない」

「酷くないですか？　老けてるみたいに言わなくても良いじゃないですか」

「その返事が年寄りみたいだと何故《なぜ》気付かない？　いや、今はそれどころじゃない。私が領地を持つにはどうしたら良い？　いくら武功をあげようとも……」

「ちょ、ちょっと落ち着いて……」

そんなやり取りをしながら、僕達《たち》は行軍を続けたのだった。

まったく、戦争に向かっているとは思えない会話である。そう思ったのは僕だけではなかったらしく、他の騎士団の間でも、何故かヴァン男爵は驚くほどの胆力の持ち主だ、などという噂《うわさ》が流れてしまった。

戦争を前にしても平常心を崩さないという点ではなく、あのパナメラ子爵を相手に優位な関係を築けていることが驚かれているらしい。パナメラはどれほど恐れられているというのか。

【ムルシア】

セアト村を訪ねてからというもの、本当に驚きの連続だ。巨大な城壁や大浴場のある兵士用の宿舎もそうだが、何よりも村の発展と住民の幸せそうな生活風景を見て驚いた。

今思えば、ヴァンは小さな頃から不思議な子だったように思う。末弟として生まれて、確かに歩き出すのも早く、言葉を発するのも早かったという話は聞いていた。だが、二歳を過ぎた頃だったか、食堂で口にした言葉は今も忘れていない。

確か、父から一日どう過ごすか聞かれて、ヴァンは「分からないことばかりなので、この国のことから学んでみようと思います」といった風に答えたと思う。

これには、私や兄弟のヤルドとセストだけでなく、問いかけた父本人も驚いた筈《はず》だ。大体、二歳の子に質問をして、まともな答えが返ってくるとは思っていないだろう。セストも六歳になってからようやく考えて答えられるようになったものである。それも、かなり考えて父が満足するような答えを捻《ひね》り出していたのだ。

しかし、ヴァンは深く考えた様子も見せず、本心を素直に口にしていたように見えた。これは、同時に私にとってもとても信じられないことだった。

「ム、ムルシア様……あれは……」

「……信じられない。まさか、アプカルルか？」

側近の騎士達《たち》と一緒にセアト村の奥にある湖に来ると、そこには更に信じられない光景があった。

湖には村人と楽しそうに過ごす半身が魚のような人々の姿があった。幻の種族と言われるアプカルルの姿があるだけでも驚愕《きょうがく》だというのに、どう見ても彼らはセアト村の住民として湖に住んでいる。

湖には水辺と一体化したような不思議な建物が幾つも並んでおり、更に湖面には小舟も浮かんでいた。

ヴァンが半ば追い出されるようにして僻地《へきち》に追いやられた時、自分の裁量が広がるまでは何とか耐えてくれることを祈っていた。自分の判断で援助が出来るようになったら、すぐに手助けに行こうと思っていたのだ。

だが、一年を待たずに聞こえてきたのはヴァンが大型の竜を討伐して領地を守ったという驚くべき偉業である。

「なにを馬鹿なことを」

報告を受けて、父は鼻で笑ってそう言った。ただ、その時は私も同じような気持ちだった。そんなことがあり得るのか。いくらディーが強くても、エスパーダが魔術と知識で手助けしたとしても、到底不可能な話である。

セアト村や冒険者の町と呼ばれる町を見て回って、ドワーフの炉と鍛冶師、メアリ商会に商業ギルド、卓越した腕を持つ冒険者なども領地を発展させた要因だと気が付いた。

だが、もし自分に同じような縁があったとしても、同じ結果を出すことが出来たかと聞かれたら、恐らく不可能だったであろう。

やはり、あの不思議な魔術の力だろうか。

生産系の魔術とは、これまで不遇の魔術と言われてきた。無能の代名詞とも言われる魔術の才能である。しかし、ヴァンの魔術は違った。いや、もしかしたらヴァンの魔術の使い方がこれまでと違うのかもしれない。

幼い時から天才と言われてきたヴァンのことだ。それも十分に考えられる。とはいえ、その魔術もヴァンが使ってこそ、このような驚異的な領地の発展に繋《つな》がったに違いない。

それに比べて、凡庸が服を着て歩いているような私は、いったいどれだけの功績を挙げたのだろうか。

情けないことに末弟への嫉妬を胸の奥底で感じながら、私は王国軍の一部隊としてウルフスブルグ山脈に足を踏み入れたのだった。


重い鎧《よろい》を着て、兵士達は獣道のような山の斜面を上り下りしつつ、行軍を進めていく。馬や馬車に乗っている者であっても一時間か二時間で辛《つら》くなってくるのだから、徒歩の兵士達の疲労はどれだけ溜《た》まっていることか。

まだ休憩にならないのか。いつになったら一日が終わるのか。

そう言った声が小さく聞こえてくる。

行軍中に雑談をするなと言っても限界があるだろう。どこかで不平不満も口にしなければやってられない。

通常は山中を行軍することなどまずあり得ない。あってもしっかりと道を広げて街道を敷いた山道だ。そうでなければ魔獣にいつ襲われるかも分からないのだから、当然である。

だからこそ、整備されていない山道の中での行軍がこれほど大変だとは思わなかった。神経をすり減らしながら、更に険しい山道を歩き続ける。この行程を帰りもしないといけないのだろうか。

様々な不安を抱えながらの行軍だった。唯一の救いは、冒険者達の想像以上の有能さである。冒険者達のお陰で、魔獣は騎士団に接近する前に発見される。

更に、大型の魔獣ですら冒険者達が殆《ほとん》ど狩ってくれていた。これも信じられないことだが、彼らは魔獣退治の専門家だからだろうと無理やり納得した。なにせ、大型の魔獣が一体現れたら、騎士団は百人がかりで討伐する。数の力が最も正しいのだから、当然の対応だ。

しかし、冒険者達は僅か十名程度で倒してみせるのだ。まるで、騎士達よりも冒険者達の方が高い戦闘能力を有しているかのようではないか。こんなことはあってはならない。騎士団はその領地の守りの要であり、秩序を司《つかさど》る存在だ。

流れ者達の方が強かったら、領地内の治安は大変なことになってしまうだろう。

だからこそ、冒険者達は魔獣退治の専門家だからと自分を納得させるしかなかった。

そうして、不安と焦り、疲労と闘いながら山の中を進み続けていると、不意に後方から上がってきた騎士団から声を掛けられた。

「ムルシア様！」

「え？」

名を呼ばれて振り返ると、そこには馬に乗ったディーの姿があった。ディーは以前とは違う見事な装飾の鎧を着ていた。あれはミスリル製だろうか。やはり、ドワーフの鍛冶師がいるせいか、装備が王族の近衛《このえ》騎士団並みである。

ディーは私を見て、力強い笑みを浮かべた。

「ヴァン様がもう少しで参りますぞ！」

「ヴァン？　あ、冒険者との揉《も》め事《ごと》があったって聞いたけど、それのことかい？」

「そのようですな！　まぁ、諍《いさか》い事もこのディーが来たからには安心ですぞ！　全て吹き飛ばしてくれましょう！　はっはっは！」

と、上機嫌に笑いながらディーは先を急いで前方へ向かう。その背中を見て、眉根を寄せて口を開く。

「……それは、何処《どこ》かの騎士団か冒険者を吹き飛ばす、ということか？　いや、いくらディーでも陛下がいる王国軍の中でそんな……」

ディーの発言に些《いささ》か不穏なものを感じつつ、ヴァンがいつ来るのかと報告を待った。だが、妙に後方が騒がしい。何事かと振り向くと、兵士達が道の脇に体を寄せて何かが通れるように隊列を崩してしまっている。本来なら兵士長あたりがそれを叱責しなくてはいけないところだが、何故《なぜ》かその兵士長達が指示を出して脇に避けろと言っている。

騒がしい兵士達の声と何か重い物が地面に落下するような地響き。馬も怯《おび》えて歩みが遅くなってしまっているので、仕方なく私も道の端に移動して立ち止まった。

しばらくして、物凄《ものすご》く頑丈そうな馬車が近くを通り、その前の御者席のところにヴァンが乗っていることに気が付いた。

「ムルシア兄さん！」

「おお、ヴァン。よく来たね……これは何をしているんだい？」

そう尋ねると、ヴァンの騎士団の者達がすぐ道の前で木を切り倒し始めた。

「道を作っています」

「み、道を？　陛下からの依頼かな？」

「いえ、個人的にやっています」

戸惑いながらもそんなやり取りをして、状況把握に努めた。良く分からないが、ヴァンは道を作っているらしい。そして、そんな会話をしている間にも大きな木が次々に切り倒されていき、山道を塞ぐように並べられていく。木々を枝でも折るかのように切り倒していくとは……あの斧《おの》は何で出来ているのだろうか。

一人混乱していると、ヴァンは笑いながら歩いていき、木の表面に手を触れた。そして、僅か一、二分程度で木が形を変えていき、道となってしまった。

何が起きたのかも分からず絶句していると、こちらの馬や馬車を指さして口を開く。

「こうした方が、移動が楽でしょう？　ガタガタ揺れているとお尻が痛くなっちゃって」

苦笑しながらそんなことを言って、ヴァンは更に道を作りながら前方へ向かっていった。

「……な、なるほど」

一日にどれだけの距離を整備していくつもりなのか。まさか、セアト村からここまで道を作ってきたのだろうか。

ヴァンが突拍子もないことをしていると思ってさっさと道を作っていく彼を見送ったが、後から出来たばかりの道を進むと、明らかに行軍が楽になったことに気が付く。

当たり前だが、移動速度だけでなく兵士達の疲労も全く違うのだ。

ヴァンは不思議な子だ。それは今でも変わらない評価である。だが、今頃になって、もう一つ自分の中で新しい評価が生まれたことに気が付いた。

ヴァンは、末恐ろしい子である。

番外編 ★ お留守番のエスパーダ

陽《ひ》が窓を通して部屋の中へ差し込み始め、活動的になってきた鳥達《たち》が外で遠慮がちに会話を始めている。そろそろ、起きて準備を始めよう。

王族が使うような高級な毛皮を使った寝具を畳んで整頓し、クローゼットを開けて衣服を取り出す。寝所用の衣服はヴァン様が考案した着心地の柔らかい物を使っているが、普段着用している仕事着も皺《しわ》一つ無く、着ると背筋に一本の芯が入ったように気が引き締まる。

セアト村に来て、生活環境は大きく向上した。以前ほど張り詰めた緊迫感はなくなったが、セアト村では日々新たなことが起きる。これまでにない町作りが幾つもされているという面もあるが、何よりも目を見張るような勢いで成長していることが大きな要因であろう。

新たな住民が来れば、住居や生活用品、仕事が無ければ労働面での整備も必要となってくる。セアト村はそれらを見越して町作りに取り組んでいた為《ため》、大きな混乱は少ないと思っている。しかし、それでも予想以上の住民の増加率である。

「……もう少し先のことと思っていましたが、前倒しで計画を調整しなくてはいけませんか」

私はそう呟《つぶや》き、窓の外を見た。窓には歳《とし》をとった執事の姿が映っている。気が付けば、もう六十手前に差し掛かっている。後何年生きられるのかは分からないが、元気なうちに出来るだけヴァン様の手助けをしなくてはならない。

ヴァン様は驚くべき知識の吸収力を持っており、様々な案を生み出せる柔軟さがある。中には私ですら知らない知識を何処《どこ》かで得てきて自分の物のように扱う姿を見ることすらある。

神童。

そんな言葉が侯爵家で囁《ささや》かれたことがあったが、それは真《まこと》であると思っている。少なくとも、私は自身の経験にも知っている者達の中にも、ヴァン様のような存在はいなかった。

だが、早く歩き出した赤子は良くこけるという。

ヴァン様は素早く知識を吸収し、どんどん自領内で実践してしまう。領主として素晴らしい行動力であり、住民のことを想《おも》う良心的な部分も褒められるべきところだ。しかし、悪く考えれば王国法も一般的な貴族の考え方、文化についても無視してしまっている。

結果が良い方に行けば良いではないかと、普通の者は考えるだろう。しかし、それは余計な軋轢《あつれき》を生むことを考慮していないということでもある。

ヴァン様は若く、そういった面倒ごとを深く考えていない節がある。もちろん、言えば理解してくれるし、私の顔を立ててなのか、配慮をしてくれている。

だが、もし私がいなくなってしまったとしたら、そういった貴族間での機微や歴史に囚《とら》われ過ぎている者達への配慮が足りなくなってしまう可能性もある。

「……老骨の役目は、自分の経験を若者に伝えること。まだまだ、伝えきれてはおりませんな」

そう口にして、背筋を伸ばして顔を上げた。

「まずは、留守をしっかりと守らねば」

そう言った途端、まるでその言葉を待っていたかのように部屋のドアがノックされる。音が響き、続いて女性の声が聞こえてきた。

「おはようございます。エスパーダ様、来客の方が……」

「おはようございます。少々お待ちを」

来客と聞き、着衣の乱れを再確認する。問題はない。ドアを開けて通路に出ると、領主の館に勤めるメイドの一人が立っていた。元貴族の子女でありながら奴隷として売られてしまった不遇の子だが、セアト村に来てからはとても明るく生活をしている。

現在、メイド長をしているティルは明るく元気が良い。ただし、思慮に欠けており、よく備品や日用品を壊してしまうこともある。食材の管理もよく間違えて発注を忘れていることがあるのだが、それでもメイド達に慕われていた。

ヴァン様に迷惑をかけないように、しっかりと働きなさいと何度か注意をしたが、なかなか改善されない。まったく、困ったものである。

とはいえ、そんなティルのお陰で他のメイド達はとてもしっかりしていた。

「来客の方はどなたですか？」

尋ねると、メイドは落ち着いて頷《うなず》く。

「はい。フェルティオ侯爵領の村からセアト村へ移住したいという方々の代表です。盗賊の被害もあり、急を要するとのことでした。一応、セアト村騎士団の監視の下、広場で待機していただいております」

「分かりました。相当な距離を移動してきている筈《はず》ですから、食料と飲料の準備をしておいてください。ただ、まだ裏があるかの確認が取れておりません。その確認が取れてから食料の提供をお願いします」

「……分かりました」

私の言葉を聞き、メイドは表情を引き締めて頷いた。彼女は貴族の生まれ。恐らく、言いたいことに気が付いたのだろう。

勢いのある貴族の下には、様々な場所から間者が現れるものだ。隣接する貴族や王家、場合によっては他国からの場合もあるだろう。他にも商人や冒険者、傭兵《ようへい》といった職種の者から、犯罪者なども潜入してくることだって考えられる。

それらを想定して、どこからどのような理由でセアト村に来たのか、改めて問いただす必要がある。いまや、ヴァン新男爵とセアト村はそれぐらい注目される存在となったのだ。

目を細めて、メイドの少女を見下ろす。

「では、参りましょう。良い機会なので、貴女《あなた》も移住希望者に何を、どう聞くべきか。見学していってください」

そう告げると、少女は真剣な顔で頷いた。

「は、はい！」

その懸命な様子に口の端を上げつつ、歩き出す。

このエスパーダが執事をしている間に、セアト村で問題を起こすわけにはいかない。私のプライドにかけて、他の国にも王侯貴族にもつけ入る隙など見せるわけにはいかないのだ。

そう思って広場に向かったのだが、目の前にいたのはボロボロの衣服を身に着けた痩せた男女、十数人だった。手足は土で汚れ、目は落ち窪《くぼ》んでしまっている。

歳は最年長で五十代、最年少は三十代頃だろうか。見るからに悲惨な様子に、剣を抜いて監視する騎士団の団員達も困ってしまっていた。中には同じ境遇だった者もいるから、すぐに食事を与えたいと思っているのだろう。

だが、そこで甘くしてしまってはいけない。もう今にも死ぬという状態ならば応急処置が先だが、彼らはしっかりとこちらを見て待っているのだ。

遠慮なく、質疑応答を執り行うべきだろう。

「……この場にいる人で全員ですか？」

尋ねると、団員の一人がこちらに向き直った。

「は！　城壁外で待機をしてもらっています！　そちらは二百名ほどとのことです！」

団員の報告を受けて、改めて目の前の移住希望者を眺める。大勢であれば中には金銭を得てセアト村の情報を外に出せと言われている者もいるかもしれない。

しかし、今この目の前にいる者達は、少なくともそういった気配は感じられなかった。

「……では、簡単な質問をいたします。正直にお答えください」

私はそう前置きをして、一人一人質問をしていった。


「……分かりました」

全員が揃《そろ》った場所で質問をするのではなく、一人ずつ呼び出してそれぞれに質問をした為、多少時間が掛かった。間者がいれば、他の人がどのような回答をしたか分からず、焦りが見えることが多い。しかし、そういった焦りや違和感は見せず、全員が自然な反応を示した。

相当な訓練を積んだ間者ならばともかく、雇われただけの村人であれば間違いなく裏に何かいるということはなさそうである。全員に確認を取ったが、外にいる者達も含めて、知らない顔はいないということだった。

つまり、全員が同じ村の出身ということだ。それならば、間者がいたとしてもすぐに判明するだろう。最初の数ヶ月を城壁内から出さなければ良いだけである。

貴族などの権力者に雇われた村人が中々依頼通りに動けなかったら、間違いなく焦る。二百人を一人ずつ調べていくなどせずとも、間者がいればすぐにあぶり出されるだろう。

「それでは、皆さまの正式な移住の許可証を発行したいと思います。手続きをしますので、外で待っている方々を連れてきてください。全員がいることを皆さんがきちんと確認出来たら食事を提供いたします。よろしいですか？」

そう確認をすると、集まった十数人は真剣な表情で頷き、すぐに立ち上がって城門の方へと走っていった。

しばらくして、騎士団に囲まれた状態で二百余名が広場へと姿を現した。皆が一様に疲れ果てた様子を見せており、何かを企《たくら》む余裕など無さそうである。とりあえず、まずは食事だろう。

「しばらく食事を食べていない人もいるかもしれません。刺激の少ないスープと柔らかいパンから与えてください。水は少しずつ飲めと一言伝えてから渡すように」

そう指示を出すと、食事の提供を手伝ってくれている村人達が頷いて動き出した。この村では、殆《ほとん》どの者が移住者である。村人達だけで村から村へ移動する苦労も、生まれ育った地を去らなくてはならない悲しさも理解出来るのだろう。親身になって世話をしてくれる分、不安そうな顔だった移住希望者達もようやくホッとした様子で食事をすることが出来た。

安心して気が緩んだのか、中年の男性であっても涙を止められない者が多くいた。その様子を見て、セアト村の住民や騎士団員達も感情移入してもらい泣きする者が現れる。

「ゆっくり食べていいんだよ。ここは絶対に安全だ」

「おい、泣くなよ。ほら、水でも飲んで落ち着け」

「大丈夫ですか？　もし、怪我《けが》をしている人がいたら教えてください。治療を先にしましょう」

セアト村の住民が優しい声を掛け、大人も子供も泣きながら食事を続ける。そんな光景に、思わず気を緩めてしまいそうになるが、ここは心を鬼にしなくてはならない。

辛《つら》く苦しい日々を送ってきた者が多いからこそ、このセアト村の住民は優しく、穏和な者が多い。だが、それは悪く言えば騙《だま》されやすいお人よしが多いということでもある。悪意ある者が密《ひそ》かに紛れ込んだなら、この村は簡単に内側から崩されてしまうだろう。単純に貴重な鉱石や魔獣の皮、爪などの資源を盗まれることだけでなく、バリスタや連射式機械弓などの重要な兵器を奪われる可能性もある。

もし、自分が作った武器によってセアト村の住民が命を落としたら、ヴァン様は深い悲しみに見舞われてしまうだろう。そんなことが無いように、私が目を光らせておかねばならない。

私は、ヴァン・ネイ・フェルティオ男爵の筆頭執事なのだから。

あとがき

この度は本作を手に取っていただき、誠にありがとうございます。赤池宗です。ついに4巻が出ました。これは赤池的快挙です。史上最大の奇跡といっても過言ではありません。

この奇跡は転様の素晴らしいイラストや担当のH様の努力、そしてオーバーラップ様の御力《おちから》によるものが大きいのですが、何よりも本作を手に取り、読んでくださった皆様のお陰です。

以前にもあとがきで書かせていただきましたが、この作品は私が大好きなタワーディフェンスゲームなどをコンセプトに書き始めました。村は強くなり、様々な住民が住むようにもなりました。また、徐々に他の貴族からも注目を集めるようになり、ヴァン君自身も存在感を発揮してきているようです。

ただ、国内外の貴族などからは不穏な気配が感じられ、邪魔や嫌がらせをしようという者も現れてきてしまいました。真正面からぶつかってくるわけではない陰湿な敵も多いことでしょう。そんな相手を、ヴァン君がどう突破していくのか。作者的にも強引に突破する未来が透けて見えていますが、はたしてどうなるのでしょうか。もし応援してくださるなら、次巻が出た際にも是非、書店でこの作品を手に取っていただけたらと思います。もちろん、まだ購入されていない方は1巻からの購入をお勧めしております。そうすると赤池が小躍りして喜びを表現することでしょう。更に、コミカライズ版の3巻もお勧めです。青色まろ様の躍動感溢《あふ》れる表現力豊かな漫画に驚嘆すること受け合いです。

それでは、最後にもう一度お世話になっている皆様にお礼を。相談に乗ってくださり、文章をまとめてくださっている担当のH様。校正をしてくださる鷗来堂《おうらいどう》様。素晴らしいイラストで彩りをしてくださる転様。そして、この作品を手に取ってくださった皆様。本当に、本当にありがとうございます。

作品のご感想、ファンレターをお待ちしています

あて先

〒141-0031　東京都品川区西五反田 8-1-5 五反田光和ビル4階
オーバーラップ編集部
「赤池 宗」先生係／「転」先生係

スマホ、PCからWEBアンケートにご協力ください

アンケートにご協力いただいた方には、下記スペシャルコンテンツをプレゼントします。
★本書イラストの「無料壁紙」　★毎月10名様に抽選で「図書カード（1000円分）」

公式HPもしくは左記の二次元バーコードまたはURLよりアクセスしてください。
▶ **https://over-lap.co.jp/824004161**
※スマートフォンとPCからのアクセスにのみ対応しております。
※サイトへのアクセスや登録時に発生する通信費等はご負担ください。

オーバーラップノベルス公式HP ▶ **https://over-lap.co.jp/lnv/**

お気楽領主の楽しい領地防衛 4
～生産系魔術で名もなき村を最強の城塞都市に～

発　行　2023年3月25日　初版第一刷発行
2023年5月16日　第二刷発行

著　者　赤池 宗

イラスト　転

発行者　永田勝治

発行所　株式会社オーバーラップ
〒141-0031
東京都品川区西五反田 8-1-5

校正・DTP　株式会社鷗来堂

印刷・製本　大日本印刷株式会社

©2023 Sou Akaike
Printed in Japan
ISBN 978-4-8240-0416-1 C0093

※本書の内容を無断で複製・複写・放送・データ配信などをすることは、固くお断り致します。
※乱丁本・落丁本はお取り替え致します。左記カスタマーサポートセンターまでご連絡ください。
※定価はカバーに表示してあります。

【オーバーラップ　カスタマーサポート】
電　話　03-6219-0850
受付時間　10時～18時（土日祝日をのぞく）

チートなスローライフ、はじめます。

異世界からクライロード魔法国に勇者候補として召喚されたバナザは、レベル1での能力が平凡だったため、勇者失格の烙印を押されてしまう。さらに手違いで元の世界に戻れなくなってしまい——。やむなく異世界で生きることになったバナザは森で襲いかかってきたスライムを撃退し、レベルアップを果たす。その瞬間、平凡だった能力値がすべて「∞」に変わり、ありとあらゆる能力を身につけていて……！？

Chillin Different World Life of the EX-Brave Candidate was Cheat from Lv 2

忍宮一樹は女神によって、ユニークスキル『お小遣い』を手にし、異世界転生を果たした。

「これで、働かなくても女の子と仲良く暮らしていける！」

そんな期待はあっさりと打ち砕かれる。巨大な虫に襲われ、ギルドとの諍いが勃発し——どうなる、異世界ライフ!?

異世界へ召喚されたキダンが授かったのは、《ギフト》と呼ばれる、能力を極限以上に引き出す力。キダンは《ギフト》を駆使し、悠々自適に異世界の土地を開拓して過ごしていた。そんな中、海で釣りをしていたところ、人魚の美少女・プラティが釣れてしまい――!?

OVERLAP NOVELS

OVERLAP NOVELS
現代社会で乙女ゲームの悪役令嬢をするのはちょっと大変
It's a little hard to be a villainess of a otome game in modern society
二日市とふろう
［イラスト］景
「北海道開拓銀行を買収するわ」
好評発売中!!!
2008年9月15日、リーマンショック勃発。
とある女性もまた時代の敗者となり——そして、現代を舞台にした
乙女ゲームの悪役令嬢に転生!?
持てる知力財力権力を駆使し、悪役令嬢・桂華院瑠奈はかつての
日本経済を救うため動き出す。

追放先の領地は未開の大森林……
でも異質の才覚で
大発展!?
OVERLAP NOVELS
コミックガルドにて
コミカライズ!!
エノキスルメ
Illust. 高嶋しょあ
ひねくれ領主の
幸福譚
性格が悪くても
辺境開拓
できますぅぅ!
大貴族の父と愛人の間に生まれた不義の子・ノエイン。蔑まれてひねくれた性格に育った彼は軟禁生活の末、屋敷を追い出される。実家と縁を切る代わりに彼が与えられたのは、王国辺境の飛び地と領主の座。しかし辺境は未開の大森林が広がるだけの土地で……!?

8歳から始める魔法学
上野夕陽 Yuhi Ueno
[illustration] 乃希
コミックガルドで
コミカライズ
決定!!
この世界で僕は、
あまねく魔法を
極めてみせる!
その不遜さで周囲から恐れられている少年・ロイは
ある日、ひょんなことから「前世の記憶」を取り戻した。
そして思い出した今際の際の願い。第二の生をその
願いを叶える好機と考えたロイは、魔法を極めること、
そして脱悪役を目指すのだが……?
OVERLAP NOVELS

転生悪魔の
最強勇者
育成計画
たまごかけキャンディー
長浜めぐみ
最強一家の
規格外異世界ファンタジー！
下級悪魔に転生した元日本人・カキュー。前世の知識を活かした修行の結果、気が付けば無類の強さを手にしていた！　異世界を気ままに旅していると、滅亡した村で唯一生き残っていた赤子・アルスを発見。自身の正体を隠して育てることにしたカキューだったが――実はこのアルス、世界を救う“勇者”で!?
OVERLAP NOVELS

OVERLAP NOVELS
その少年は、世界を征服する
「魔王」となる——
コミックガルドにて
コミカライズ！
亡びの国の征服者
魔王は世界を征服するようです
著 不手折家
ill. to-i8
家族の愛を知らぬまま死に、異世界へと転生した少年ユーリ。両親の愛を一身に受けて穏やかな日々を過ごすユーリだったが、“もう一つの人類”との戦乱により“騎士”として生きる道を余儀なくされ——!? 「小説家になろう」発、超本格戦記譚ついに開幕!

第11回オーバーラップ文庫大賞
原稿募集中！
イラスト：冬ゆき
【賞金】
大賞…300万円
（3巻刊行確約+コミカライズ確約）
金賞……100万円
（3巻刊行確約）
銀賞………30万円
（2巻刊行確約）
佳作………10万円
キミが物語の王様
【締め切り】
第1ターン 2023年6月末日
第2ターン 2023年12月末日
各ターンの締め切り後4ヶ月以内に佳作を発表。通期で佳作に選出された作品の中から、「大賞」、「金賞」、「銀賞」を選出します。
投稿はオンラインで！ 結果も評価シートもサイトをチェック！
https://over-lap.co.jp/bunko/award/
〈オーバーラップ文庫大賞オンライン〉
※最新情報および応募詳細については上記サイトをご覧ください。
※紙での応募受付は行っておりません。